記憶古董店 ²

翡翠迷城

楊紫汐 著

山邊出版社有限公司

記憶古董店 ❷
翡翠迷城

作　　者：楊紫汐
封面繪圖：陽卓宏
責任編輯：葉楚溶
美術設計：蔡學彰
出　　版：山邊出版社有限公司
　　　　　香港英皇道499號北角工業大廈18樓
　　　　　電話：（852）2138 7998
　　　　　傳真：（852）2597 4003
　　　　　網址：http://www.sunya.com.hk
　　　　　電郵：marketing@sunya.com.hk
發　　行：香港聯合書刊物流有限公司
　　　　　香港新界大埔汀麗路36號中華商務印刷大廈3字樓
　　　　　電話：（852）2150 2100
　　　　　傳真：（852）2407 3062
　　　　　電郵：info@suplogistics.com.hk
印　　刷：中華商務彩色印刷有限公司
　　　　　香港新界大埔汀麗路36號
版　　次：二〇一九年四月初版

ISBN: 978-962-923-472-0

目錄

❶ 翡翠堡和綠珍珠 ————— 4

❷ 會移動的迷宮牆 ————— 11

❸ 遭遇巨型木偶 ————— 30

❹ 解密植物迷宮 ————— 45

❺ 舊鋼琴中的萬花筒 ————— 61

❻ 梨樹下的秘密 ————— 77

❼ 安東尼博士的故事 ————— 91

❽ 水晶球花園遇險 ————— 105

❾ 「植物人」助理小姐 ————— 119

❿ 告別記憶古董店 ————— 130

⓫ 一次特殊的招聘 ————— 141

翡翠堡和綠珍珠

一隻黑背白肚大喜鵲嘴銜樹枝,揮翅掠過這座繁華都市的低空。牠很幸運,剛在城市的某個僻靜角落找到了安家之處。

這是片老區,摩天大樓遠遠矗立在天邊,它們的陰影遮擋不住此處的午後陽光。大喜鵲速度減緩,歡喜地降落在一棵茂盛的泡桐樹上。

牠正在建造新家。

「塞巴斯蒂安,你的死對頭要來跟咱們做鄰居啦!」

說話的是個十二三歲模樣的小女孩，她留着可愛又時髦的波波頭，此時正趴在一樓窗台上，好奇地觀察窗外樹枝上的大喜鵲。而被她稱為「塞巴斯蒂安」的那隻烏鴉，則高傲地立在她右肩上，似乎根本沒把大喜鵲放在眼裏。

伴隨着樓梯上傳來的腳步聲，一個温雅又缺乏情感的聲音響起：「助理小姐，請你不要誤導塞巴斯蒂安。喜鵲和烏鴉為什麼非要是死對頭？」

「哦，掌櫃……」小女孩趕緊將嘴裏的泡泡糖偷偷吐出來，然後轉過身嬉皮笑臉地解釋道，「因為喜鵲報喜，烏鴉報喪，業務內容正相反嘛……」

被她稱為「掌櫃」的人此刻已經走下了樓梯。他穿着筆挺的西褲，配以同色系的西服馬甲，馬甲下的襯衣和他身後的狐狸尾巴一樣雪白。

「喜鵲是雀形目鴉科，烏鴉也是雀形目鴉科，雖然牠們分屬於鵲屬和鴉屬，卻是很近的親戚。以後不要再說『死對頭』這種缺乏涵養的話了。」

背對掌櫃，小女孩偷偷做了個鬼臉，正在此時，窗外一個高大的身影引起了她的注意。

「掌櫃！」她瞬間將掌櫃剛剛的教導拋在了腦後，瞪大眼睛叫道，「這回是您的『死對頭』來啦！」

窗外泡桐樹上的大喜鵲展開雙翅，再次飛向天空。牠不會知道，自己選了個多麼神奇的地方安家。

泡桐樹旁的這棟歐式兩層小洋樓有些年頭了，紅磚斑駁，綠藤叢生。栗梅色的大門旁是塊銅招牌。這裏正是不可思議的「記憶古董店」。

這家店不僅出售古董，也出售這些古董所承載的記憶，要是你買下了一塊舊懷錶，那麼你得到的可不僅是懷錶，還有它自誕生之日起經歷的所有故事。此外，如果你想知道太爺爺傳給你的瓷瓶有何來歷，儘管將它帶到記憶古董店來，因為這裏也接受委託，幫顧客調查各種古董背後的隱秘往事。

掌櫃是自稱愛德華的狐妖，生於唐乾符六年，也就是公元879年。他可是狐妖中的「海歸派」，據說以前有位外國傳教士是掌櫃的摯友，他曾將掌櫃帶到了歐洲。掌櫃在歐洲遊歷數百年，直到清朝末年才回國。

至於掌櫃的「助理小姐」，她叫小如意，是個比掌櫃年輕一千多歲的人類小女孩。小如意對掌櫃忠心耿耿，工作也完成得十分出色，唯一令掌櫃不滿的是，她總混淆狐妖和普通狐狸，每次發現小如意在偷偷地讀《狐狸養殖與疾病防治技術》，他就胸悶氣短。

「表哥！」

來人已經走進了記憶古董店，那略帶沙啞的大嗓門吼出一股無形旋風，席捲了一樓展廳裏的各種古董。小如意不由得瞟了眼身旁的玻璃展櫃——那裏擺放着一隻珍貴的乾隆粉彩斗碗，胎質極薄，她真擔心它會在這場聲波襲擊中碎掉。

「『乾脆麵』！掌櫃説你多少次了，大聲講話是一種無禮的表現。」小如意説完看了掌櫃一眼，果然，他的臉色陰晴不定。

「乾脆麵」本名顛茄，是隻狼妖，自稱是掌櫃的遠房表弟──關於這一點，掌櫃從未承認過。「乾脆麵」有點白化病，有次他現原形碰巧被小如意看到，小如意發現他頭部的毛髮顏色很像小浣熊的，聯想到「小浣熊乾脆麵」，她就給他起了「乾脆麵」這個外號。

「乾脆麵」身材高大，相貌粗獷，卻有顆玻璃心，比如他總是對掌櫃的西化舉止不屑一顧，其實是為他自己不是「海歸」而自卑。他目前經營一家動漫咖啡吧，那地方地段還不錯，但營業時間卻總要看老闆心情。「乾脆麵」是少女動漫的狂熱愛好者，他前兩年剛剛榮升為某cosplay協會副會長，整天忙着組織會員拍照什麼的。

「都説了不許再叫我『乾脆麵』！」「乾脆麵」走到小如意面前，伸出手指啪地在她腦門上狠彈了一下。

小如意疼得捂住額頭，眼淚汪汪地望向掌櫃：「掌櫃……好疼……」

　　「顛茄，不許欺負我的員工。」掌櫃冷冷地開口。他看也沒看對方一眼，但語氣裏卻充滿不容抗拒的威嚴。

　　「乾脆麪」立刻滿臉堆笑，「慈愛」地摸摸小如意的腦袋：「哎呀，跟小孩子開開玩笑嘛。表哥，我今天正好閒着，掐指一算，發現好久沒來給表哥請安了，索性過來看看您老人家……」

　　「説正事。」

　　「呃……」「乾脆麪」知道跟掌櫃兜圈子沒用，只好開門見山，「表哥啊，最近我那兒生意不太好，我想在店裏辦個cosplay吸引點人氣，您看您能不能……」

　　「不能。」

　　「哎呀，我還沒説什麼事呢！」「乾脆麪」擠出諂媚的笑容，「還是想勞您大駕，幫忙扮演一下狐妖……當然啦，您這扮相都是現成的，連化妝和特效都不用，去我店

裏站站就行……」

小如意實在聽不下去了，挺身維護掌櫃的尊嚴：「我們掌櫃日理萬機，每天要處理好多重要事務，哪有時間陪你過家家！不瞞你說，上午我們剛接了個訂單，今晚就要出發去趟翡翠堡，你還是找別人陪你玩無聊的遊戲吧。」

「翡翠堡？」「乾脆麵」眼睛一亮，「你們去翡翠堡幹什麼？」

「客戶委託我們去收購一枚綠珍珠。」小如意朝一旁的珠寶展櫃努努嘴，「一位老先生看上了店裏那顆綠珍珠，希望我們再幫他收購一顆，好湊成一對耳墜送給他妻子。」

「哎呀媽呀！你們恐怕是沒法完成這次委託任務了！」「乾脆麵」的表情難得嚴肅起來。

「何出此言？」掌櫃第一次正眼看「乾脆麵」。

「表哥，現在的翡翠堡早已不是我們當年去時的模樣了，聽說那裏後來出了大事，現在別說找綠珍珠了，想進城都難！」

會移動的迷宮牆

　　記憶古董店二樓，在鋪着波斯地毯的書房裏，掌櫃正坐在他心愛的法式欅木書桌前，聽「乾脆麵」講述事情的始末。

　　桌上擺放着皇家哥本哈根的頂級「丹麥之花」系列茶杯，裏面的錫蘭高地頂級紅茶冒起氤氳熱氣。為了從這位「遠房表弟」口中套出情報，掌櫃不得不拿出自己最愛的茶具和茶葉來招待他。

　　「表哥，聽說現在翡翠堡變成了一個巨大的植物迷

宮，而且那迷宮很詭異，每天深夜都會改變形狀。一個人早晨離開家就再也別想回去，他晚上只能隨便找個陌生的房子當作『家』，和陌生的『家人』湊合一晚。第二天，他必須出門找一份新工作，因為沒人能再找到昨天上班的地方⋯⋯人們每天都有新工作和新家庭，就這樣周而復始。在那裏，人和人之間的關係都是臨時的，因為一旦分別，就再也無法相見。」

小如意詫異極了：「怎麼會這樣？那綠珍珠⋯⋯」

「綠珍珠已經沒有了。」「乾脆麵」喝了口茶，繼續講道，「綠珍珠由一種叫『珍珠草』的植物結出。可是現在，那植物早就滅絕啦。」

「啊？」小如意立刻着急起來，「怎麼辦啊，掌櫃？咱們委託合同都簽了！找不到綠珍珠算違約啊⋯⋯」

掌櫃沉默不語，思考片刻後，他重新望向自己的助理小姐：「我們店的經營宗旨是不惜一切代價為客戶提供高品質服務。所以，無論如何我們都要去趟翡翠堡。」

「是。我明白了。」小如意用力點點頭，「我現在就去讓塞巴斯蒂安做準備。」

當小如意走下樓去找塞巴斯蒂安時，心裏憧憬的卻是晚上的大餐。這是記憶古董店裏一條不成文的店規，在接到新訂單的當晚，掌櫃要帶助理小姐去五星級酒店吃298元一位的海鮮自助餐以示慶祝。

不知道「乾脆麵」會不會厚着臉皮跟我們一起吃飯，不過掌櫃就算勉強帶上他，也肯定會讓他自己掏腰包……

深夜，月光皎潔，這是開啟「月光走廊」的好天氣。

水銀般的月光照亮了小洋樓的二樓陽台，小如意背着背包，看掌櫃按照塞巴斯蒂安提供的路線信息，調試着陽台上鏡子的角度。

塞巴斯蒂安是隻通靈烏鴉，每次掌櫃出門調查之前，都會讓牠去感應通往線索的路線。塞巴斯蒂安會把提示用尖尖的喙啄在一張黑羊皮紙上。根據那些形似盲文的暗

號，掌櫃便能調整好「月光走廊」的方向，讓牠直達目的地。

「掌櫃，這次咱們真要帶這傢伙一起去啊？」小如意瞟了一眼身旁的「乾脆麵」，不放心地問道。

「什麼叫『這傢伙』？」「乾脆麵」不滿地反駁，「現在的小孩子真是不懂禮貌！」

掌櫃一邊對鏡子的角度做最後調整，一邊頭也不抬地解釋道：「顛茄有位老友生活在翡翠堡，現在那裏情況複雜，帶上他也許對我們的工作有益。」

「就是！多個幫手不好嗎？再說了，我顛茄可是重情重義之人，也想去看看老朋友嘛……我跟他多少年沒見了？我想想啊……哎呀媽呀，得有快一百年了！」

「一百年！你這也算重情重義？」小如意挑挑眉毛，故意調侃「乾脆麵」。

「乾脆麵」立刻心虛了：「我、我這不是忙於事業分身乏術嘛……再說我有寫信啊……」

14

「出發。」此刻，掌櫃已經開啟了「月光走廊」。

月光被陽台上那面高大鏡子反射，在夜空中開闢出一條光的通路，這條路筆直伸向遠方黑暗中的一個光點，那是某處的另一面鏡子，它會把月光反射到更遠的某面鏡子上去。

「月光走廊」就在這一面面鏡子間折行延伸，它能穿過所有實體障礙，甚至是時空與時空之間的虛無壁壘。在這條曲折走廊的盡頭，便是掌櫃此行的目的地——翡翠堡。

去翡翠堡的路比小如意想像中的更遠一些，他們接連穿越了兩個時空壁壘，而這是小如意最害怕的事——在厚厚的時空壁壘中，除了腳下薄如蟬翼的「月光走廊」，一切都幽暗混沌，而那些試圖進行時空旅行卻又穿越失敗的人，或許就飄遊在這虛無之中，永遠被黑暗囚禁……

好在掌櫃知道小如意最怕穿越時空壁壘，所以一直牽着她的手。雖然一路上掌櫃沒少被「乾脆麵」嘲笑為「霸

道總裁過度關心下屬」，但他一直都沒放開小如意的手。

　　掌櫃真是體恤員工的好老闆啊……小如意十分感動，暗暗決定回去後找個靠譜的海外代購，給掌櫃買些有助於增亮毛色的進口寵物食品。

　　掌櫃一行抵達海島翡翠堡時，第一縷晨曦尚未亮起。

　　「月光走廊」結束在一座廢棄燈塔的牛眼透鏡上，小如意跟在掌櫃身後，從即將消散不見的「月光走廊」中跳了出來。

　　「過來看這個。」

　　聽到掌櫃語氣嚴肅，本打算欣賞下海景的小如意和「乾脆麵」立刻走到掌櫃身旁，向窗外望去。

　　「哇！植物迷宮……」小如意忍不住驚歎道。

　　他們所在的燈塔聳立在碼頭上，不過這裏看上去已廢棄許久。

　　城市就在眼前——沒有高樓大廈，所有建築都只有

三四層樓高，它們藏在茂密高大的植物間，影影綽綽，根本看不見全貌。

那些植物小如意從未見過，它們像某種巨型灌木，縱橫交錯，像一張沒有規律的綠色巨網，將建築物吞噬其中。

「顛茄，我們上次乘船來就是在此處上岸的，記得當年我收購綠珍珠的珠寶店在燈塔的兩點鐘方向，要經過27個十字路口。」

聽了掌櫃的話，「乾脆麵」的嘴角抽搐了一下：「哎呀媽呀，那麼久遠的事表哥您還記得啊……不過珍珠草如果已經滅絕，就算找到珠寶店也沒用啊……唉！看看這迷宮，別說什麼珠寶店了，恐怕我連老朋友的家都找不到！『牛角包』信裏說的一點沒錯！」

「牛角包」就是「乾脆麵」的老朋友。他是位麵包師，做牛角包的手藝非常厲害。早年因為無意中吃了某種神奇的長生草，他的衰老速度要比同齡人緩慢許多，所以

才有機會和百年狼妖「乾脆麵」成為朋友。

　　許多年前，「乾脆麵」曾收到「牛角包」的來信，「牛角包」在信裏訴説了翡翠堡的劇變，但是在那之後「乾脆麵」就再沒收到過來自那位老友的任何消息了。

　　小如意憂心忡忡，沒底氣地問：「掌櫃，我們是直接去找珠寶店，還是先去找那位麵包師？『乾脆麵』跟他失聯快一百年了，也不知道他是不是出了事……」

　　「閉上你的烏鴉嘴！」「乾脆麵」特別反感別人「詛咒」自己的朋友。

　　「這位才是正宗的烏鴉嘴好吧！」小如意立刻指指站在她肩頭、滿臉無辜的塞巴斯蒂安，反駁道。

　　「女士、先生們，請稍微注意下你們的言談舉止。」掌櫃嚴肅地終止了兩人的爭吵，「我們進城看看具體情況。」

　　小如意一聽這話，立刻眉頭緊皺：「可是掌櫃，萬一我們迷路走散……」

「按照『牛角包』信裏的介紹，這迷宮只在夜晚移動，白天是固定不動的。放心，我會記得路。你跟緊我，不要亂跑。」説完，掌櫃便向燈塔的樓梯走去。

「好吧……」小如意知道掌櫃對他自己的記憶力一向非常自信，於是稍稍安心。

「乾脆麵」趁機陰陽怪氣地逗小如意：「是啊，自傲的人類，跟緊我們別亂跑，萬一走丟了，你們的鼻子和耳朵可當不了導航，哈哈哈哈！」

當着掌櫃的面，小如意不敢説犬科動物的壞話，只好狠狠瞪了「乾脆麵」一眼，跟在掌櫃身後下樓去了。

從高處俯瞰植物迷宮時，只覺得它宏偉壯觀，而當小如意真正踏上街道，才發現情況完全不同——巨型灌木過於高大，幾乎遮天蔽日，雖是白天，街道上仍然光線陰暗，有些植物濃密的路段，甚至還要開路燈。

連露天街道都如此，室內想必更加昏暗。小如意望向兩旁的樓房，許多窗戶都亮着燈，於是她不禁暗想，這裏

的居民電費賬單上的數字一定超級驚人……

原先的城市布局被植物迷宮毫無規律地割裂開來，走在這樣的市區中，一切都充滿了不確定性。

掌櫃一行沿路而行，前方道路很快被一堵植物高牆攔腰截斷，他們只能隨機選擇左轉或是右轉。

一座辦公樓不幸坐落在迷宮高牆的延伸路徑上，植物從建築物表面「碾壓」而過，將它一分為二。如果高牆右邊的人要進入辦公樓，只能想辦法繞路到高牆的左邊，因為大門被隔在那邊，但人們往往會因迷路而再也找不到這棟樓。

街道上行人和車輛都很少，偶爾一兩個人路過，也都行色匆匆、面無表情。

一想到這裏人與人之間的關係，小如意就替他們難過。

每個人都是孤獨的，每一天，他們都要面對陌生的家人和同事；而每一天，他們也會失去昨天剛剛結識的家人

和同事。

　　無法親近任何人，也沒有任何人來親近自己，所有的人際關係都只是臨時的，沒人願意真心與人交往。既然第二天就會永別，又何必浪費感情交朋友？這是一種怎樣的人生？雖然沒體會過，但小如意認定那感覺一定糟透了。

　　「顛茄，你覺得這植物有什麼問題？」掌櫃忽然停下腳步，仔細觀察路邊的迷宮牆。

　　「乾脆麵」仰頭看看植物高牆：「哎呀媽呀，這些傢伙全身上下都是問題好吧！哪有灌木能長這麼高？反正我活到現在一次也沒見過！」

　　掌櫃沒理會「乾脆麵」的抱怨，神情若有所思：「一路走來，我都沒有發現它們的根。這些灌木的枝幹是從別處延伸來的。」

　　小如意和「乾脆麵」不約而同地蹲下身，仔細觀察植物牆底部。果然！它們並非從地下長出！那或粗或細的枝條雖然盤根錯節，但全部都是從牆體右側蜿蜒過來的。

小如意順着牆體向右走了十幾米，發現根本找不到枝條的源頭，因為前方是岔路口，枝條也隨之分向了兩側。

　　「掌櫃，如果我們順着枝條的生長方向逆向行走，是不是最終可以找到這些植物的發源母體？」

　　聽了小如意的話，掌櫃微微點頭：「理論上應該如此。」

　　「乾脆麵」頓時激動起來：「那就這麼幹！找到發源地，直接把母體砍斷，植物迷宮枯萎了，這城市就正常啦！」

　　掌櫃冷冷地瞟了「乾脆麵」一眼：「這方案的實際可操作性為零。翡翠堡有多大？即便我們不眠不休地尋找，這工作量也不是幾天就能完成的。更何況，我們根本沒那麼多時間，迷宮每晚都會改變形狀，樹枝的生長方向也會隨之變化。也就是說，無論白天我們多麼努力地尋找，只要經過一夜，之前的所有工作都會變得毫無意義，一切都要從頭再來。」

「這樣啊……」「乾脆麵」洩了氣。

小如意心想，如果「乾脆麵」像掌櫃一樣執着於把獸類的耳朵體現在人類軀體上，那麼此刻，他的灰狼耳朵一定是耷拉着的。果然，「乾脆麵」若有所失地摸了摸頭頂，無法通過耳朵表達情緒似乎讓他更加失落。

咕嚕——一個奇怪的聲音毫無預兆地出現，「乾脆麵」循聲望去，只見小如意正難為情地望着掌櫃。

「不好意思啊，掌櫃……我知道您很希望我能在『優雅Lady的自我修養』這門課上得高分，但是掌櫃，生理反應有時真的無法控制啊！肚子只知道餓，它哪知道什麼是優雅……」

掌櫃沒有送小如意去上學，而是自己在家教她各種知識。其中，最受掌櫃重視的課程就是他自己修訂的「優雅Lady的自我修養」。

「如此說來，我也餓了……」「乾脆麵」摸摸肚子，左顧右盼，忽然眼睛一亮！「哎呀媽呀！那邊有家餐館正

在烤香腸！」

　　説着，他誇張地吸吸鼻子：「就在50米之內！我們趕緊找找！可不能讓小如意餓着，小孩子正長身體呢，需要按時吃早飯！」

　　説着，「乾脆麵」已經循味而去，走向前方的路口。

　　掌櫃看了小如意一眼，什麼也沒説，只是默默跟在「乾脆麵」身後。

　　小如意猜想着掌櫃現在的心理活動——人類真是麻煩又可悲，一頓飯不吃身體就要抗議，而「乾脆麵」那傢伙，已經淪落得和人類一樣可悲了。

　　雖然「乾脆麵」嗅到烤香腸味是在50米之內，可因為身處迷宮之中，他們三個足足花了一個小時才找到那家小咖啡館。

　　小咖啡館位置很巧，旁邊的植物高牆恰好有部分生長得不太茂密，因此難得有小片陽光照射在咖啡館外。於

是，大家便坐在了露天餐桌旁。

穿着整潔制服的服務生很快送來菜單，客人的到來似乎讓他很開心。

「歡迎光臨！今天正好是本店的『陽光節』，全場八折優惠！」

「『陽光節』？這是什麼節日啊？」小如意好奇地詢問。

服務生解釋起來：「每過25天，我們店門前就會有幾個小時能曬到太陽。老闆覺得這很難得，所以就每25天舉行一次『陽光節』優惠活動！」

「哎呀媽呀！全場八折啊！那來六個烤腸，四份煎蛋，單面煎啊……嗯，還要……」

「『乾脆麵』，我們只有三個人，吃不完這麼多吧？」小如意扯扯「乾脆麵」的衣服。

「誰說是三個人的？」「乾脆麵」抬起頭，眼神無辜，「這是我自己的……哦，再來兩個烤鳳梨批！小如

意，這圖片上的金槍魚三明治看上去不錯，咱倆一人來四個怎麼樣？」

「算了，我不想吃成急性腸胃炎，這地方找醫院可不容易……不過我可以吃一個，打包兩個待會兒吃……」

沒等小如意說完，一直沉默的掌櫃忽然抬起頭盯着服務生：「抱歉，但您剛才說每過25天，貴店門前都會有陽光？」

服務生大概第一次遇到這種令人不寒而慄的目光，他結結巴巴地回答：「是、是啊……」

「能肯定嗎？」

「這個……其實我今天是第一天在咖啡館上班，這都是老闆告訴我的……」服務生嚥了下唾沫，「聽他說，這節日都慶祝好些年了……」

「好些年？」掌櫃的眼睛微微瞇起，「聽聞翡翠堡居民每天都會換不同的工作，莫非貴店老闆從不出門？」

「是啊，老闆害怕迷失在迷宮裏，所以從不出門。他

說這店是他繼承的祖輩家產，說什麼也要自己經營下去，不能丟給別人。」

聽到這回答，掌櫃的嘴角露出一絲不易察覺的微笑。他點了杯咖啡，然後悠閒地靠在椅背上。

服務生離開後，小如意趕緊湊過去問：「掌櫃，您是不是想到了什麼詭計？」

「詭計是貶義詞，助理小姐。在形容自己老闆的時候，請注意措辭。」

掌櫃不慌不忙地解釋起來：「這迷宮的變化極可能是有規律的。只要它有規律，我就有信心找出這個規律。」

「真的？！什麼規律？您是怎麼發現的？」小如意眼裏滿是崇拜。

「店老闆多年不出門，而他發現的規律也已經持續了多年——每過25天店門外就會有陽光。這裏之所以會有陽光，是因為那叢灌木長得稀疏，也就是說，每隔25天，就會有一叢稀疏灌木移動到這個固定位置。助理小姐，你認

為這說明了什麼？」

　　小如意啪地拍了下手，驚喜地叫道：「我懂了！假設每次移動來的稀疏灌木都是同一株，那就證明迷宮的移動周期是25天！並且這周期非常嚴謹，絲毫不差。」

　　「可誰知道它們是不是同一株？」「乾脆麵」難得認真起來，「萬一只是巧合呢？」

　　「我去拜訪下店主，或許能得到更多線索。兩位就好好享受你們的早餐吧，請不要浪費食物。」說完，掌櫃站起身，整理了一下身上筆挺的西服，走進店中。

　　當「乾脆麵」奮力把第五根烤腸塞進嘴裏時，掌櫃帶來了好消息——他剛才的假設是成立的。

　　原來多年前，店主因為厭煩遮天蔽日的高大灌木，曾試圖放火燒掉它們，可這奇怪的植物不怎麼助燃，火很快便自行熄滅了。不過有一叢灌木被燒得比較嚴重，後來一直長勢不旺。正是這叢灌木，每過25天便會出現在咖啡店旁。現在仔細觀察，還能在它身上看到當年被火燒過的痕

跡。

「太棒了！接下來我們就要想辦法找出這規律了吧？」小如意已經躍躍欲試。

掌櫃端起咖啡杯，想起咖啡已經冷掉了，只得把杯子放下：「是的，要想完成客戶的委託，我們必須先破解迷宮的規律，否則之後的行動會被迷宮嚴重干擾，阻力重重。」

「表哥，那我們……嘔……」因為嘴裏東西太多，「乾脆麵」乾嘔了一下，但還是強忍着把食物吞了下去，「我們接下來怎麼辦？」

面對「表弟」的不雅舉止，掌櫃微微皺了下眉頭，一字一句地答道：「首先要找到整個翡翠堡的制高點。」

遭遇巨型木偶

聽說要找翡翠堡的制高點，小如意猜測道：「掌櫃，您的意思是要到高處俯瞰全城，以便尋找迷宮的移動規律？」

「沒錯。」掌櫃點點頭，扭頭望向「乾脆麵」，「顛茄，我們上次來翡翠堡，曾在西郊遊覽過一座琉璃塔，它應該就是此處最高的建築。」

「乾脆麵」咀嚼着最後一個煎蛋，歪着腦袋回憶：「琉璃塔啊……我想想……哦，想起來啦！那塔從頭到腳

都是透明的！站在塔頂能透過腳下的琉璃看到地面！哎呀媽呀！那次可嚇死我了！」

聽説塔很高，小如意立刻調整出自己最可愛的表情，可憐巴巴地望向掌櫃：「掌櫃……您最得力最優秀的首席助理小姐有恐高症，這一點您是知道的吧？到時候，我和『乾脆麵』可不可以在下面待着，瞻仰您獨自登塔的偉岸英姿？」

這番撒嬌果然奏效了，掌櫃面無表情地宣布：「也好。屆時助理小姐和顛茄一同在塔下等候。現在，最得力最優秀的首席助理小姐，請再幫我叫杯咖啡好嗎？這杯已經冷了。」

早餐結束後，借助掌櫃的強大記憶力，三人順利地按原路返回，回到了他們來時的燈塔下。

掌櫃的計劃是沿荒涼的海岸線西行，這樣雖然繞路，卻可以避開城裏的植物迷宮，儘快趕到位於島嶼西端的琉

璃塔。

趕了一天的路，到第二天中午，掌櫃一行終於來到了翡翠堡西端。然而令人大失所望的是，琉璃高塔居然已經坍塌了！

高塔曾經矗立的地方如今荒草叢生，只有小如意偶爾在枝葉下發現的琉璃磚，還證明着它曾經的輝煌。

撿起一塊晶瑩剔透的琉璃磚，小如意輕輕撫摸，感受着它表面的光滑與微涼。「好可惜啊，只是一塊磚就這麼漂亮，當年高塔的模樣一定更壯觀……對了掌櫃，不如我們帶幾塊回去？這麼好看的磚説不定有人想買，而且進貨成本為零！多划算！」

小如意看到不遠處還有塊琉璃磚，便跑過去想把它撿起來。誰知剛跑了兩步，她就覺得腳下發軟，一陣暈眩。

「奇怪？我生病了嗎？還是地震了？」來不及多想，小如意就已經意識到了危險！

伴隨着塞巴斯蒂安警報似的淒厲鳴叫，轟隆隆一陣

巨響傳來，小如意有種失重感，整個人迅速隨地表陷落下去！

「掌櫃！」

「哎呀媽呀！地塌啦！」

塵土飛揚，小如意吃了一嘴土，被嗆得幾乎無法呼吸。就在她絕望地以為自己將要墜入深淵時，身體突然被什麼托住了！

小如意驚訝地睜開雙眼，透過塵霧，她看到自己懸浮在一個洞穴的半空！確切地說，是掌櫃懸浮在半空，而她在掌櫃懷裏。

「掌、掌櫃……喀喀喀……」小如意把嘴裏的灰土都咳了出來，顧不得會弄髒掌櫃的名貴西服。

掌櫃帶小如意回到安全地帶，把她放在「乾脆麵」身邊——那傢伙似乎剛從震驚中恢復過來，臉色依舊慘白。

「嚇死我啦！小傢伙你沒事吧？瞧瞧！選個優秀老闆對員工來說多重要？要是換個普通掌櫃，你的小命早就沒

了！」

「掌櫃……喀喀喀……您、您從沒跟我説過您……喀喀喀……會飛啊！」小如意好不容易穩住氣息。

掌櫃一臉淡然：「我的本事需要——向助理小姐匯報嗎？」

「早知道您有這絕技，我們還開什麼古董店，掙什麼辛苦錢啊！喀喀，弄個馬戲團，您一個人就能嗨翻全場。」小如意調侃道，「您還會什麼絕技啊？點石成金可以嗎？」

「也不是不可以……」

「什麼！您真的可以！那您還整天説要勤儉節約？太過分了！我要求漲工資！我的房間也需要重新裝修！壁紙都舊了……」

「員工福利問題回去再討論，現在是工作時間。」掌櫃不理會小如意的要求，徑直走到洞穴旁，觀察下面的情況。

這時，「乾脆麵」湊到小如意身旁，壓低聲音神秘兮兮地說：「嘿嘿，你有所不知，掌櫃曾對一個人承諾，保證自己會『盡力當普通人，不用妖怪法術』。所以不到萬不得已，他是不會使用法術的啦！」

「真的？那人是誰？」小如意第一次聽說掌櫃的八卦，立刻興致盎然地等「乾脆麵」繼續往下講。

然而「乾脆麵」卻不肯再講了：「都是好幾百年前的事了，我哪記得……哎呀媽呀！洞裏有東西！」

四散的塵土漸漸落定，小如意順着「乾脆麵」所指的方向望去：「咦？那好像是個人啊……」

正午陽光穿過一朵白雲，恰好照亮了幽暗洞穴。在陽光所及之處，透過薄薄的塵霧，小如意居然看到了一張臉！巨大而僵硬，面無表情……

不只是臉，慢慢地，她看到了那張臉所屬的身軀：「好大的……木偶？」

如果不是小如意無意間踩塌了洞穴上方岌岌可危的土

35

層，這洞穴裏的秘密不知還要被埋藏多久——一隻巨型提線木偶躺在穴底，提線散落在它的身體上。它身穿綠背帶褲，木頭腦袋歪靠在穴壁上，眼睛和嘴巴都緊閉着。

就在這時，不可思議的一幕發生了——那木偶似乎眨了下眼！

「掌櫃！」小如意嚇得躲到掌櫃身後，「您有沒有看到木偶眨眼啊？難道我眼花了？」

「助理小姐，不是你眼花，其實，它現在已經睜開了眼睛。」

小如意頓時毛骨悚然！要不是深知弄亂掌櫃的尾巴掌櫃會變得比鬼更可怕，她早就緊緊抱住掌櫃毛茸茸的大尾巴尋求安全感了。

咔嗒咔嗒——

小如意不用看也知道，那木偶一定在活動眼睛、嘴巴，甚至準備站起身來！

「乾脆麵」也被這情景嚇呆了，他不由得向後退一

步：「什麼情況？這傢伙難道要站起來？快看那胳膊！差不多得有十米吧！到底是誰做了這特大號木偶啊？哎呀媽呀！活得久還真是什麼怪事都能碰到！」

聽了「乾脆麵」的驚歎，小如意的好奇心終於戰勝了恐懼感。她從掌櫃背後探出半個腦袋張望，哇！好大的眼睛……

提線木偶並沒站起來，它依然躺在洞穴裏，不過眼睛已經睜開。緊接着，它動動下巴，嘴也張開了。奇怪的聲響從它身體裏發出，衝出洞穴，傳向遠方。

「掌櫃，它在叫呢……」小如意慌慌不安，「您説它這是什麼意思？讓我們把它扶起來？」

不等掌櫃回答，彷彿在回應木偶的「呼喚」似的，不遠處的樹林裏發出簌簌的巨響！

小如意循聲望去，只見一團黑霧從樹林中升起，並以極快的速度朝他們飄來！

很快，小如意看清了，那不是黑霧，而是一大羣數量

驚人的黑鳥！

「哎呀媽呀！表、表哥，你確定我們不需要找個地方躲躲嗎？牠們可是衝我們來了啊……」

小如意知道「乾脆麵」最怕鳥類。聽説在他還是隻小野狼時，曾跟一隻兇猛的成年禿鷲搶過食物，差點被弄瞎眼睛。因此，現在的「乾脆麵」連塞巴斯蒂安這種烏鴉都不敢碰。

掌櫃依舊身姿挺拔地站在原地，連眉毛都沒動一下：「顛茄，我真的難以相信，一隻活了幾百年的狼妖會害怕普通鳥類？」

説話間，那羣黑鳥已經飛到了洞穴上空，牠們彷彿接受過訓練似的俯降下來，用尖細而有力的爪子緊緊抓住木偶身上的提線——有些負責頭部，有些負責手臂……每隻鳥各司其職，分工協作提起線繩，然後向天空飛去。

「這些鳥是要操縱木偶！」因為過於震撼，小如意緊緊抓住了「乾脆麵」的衣袖——幸好她還記得，掌櫃最恨

別人弄皺他的名貴定製西服。

　　果然，隨着黑鳥羣的升空，提線被拉直、繃緊，於是躺在穴底的木偶終於開始舒展身體了！

　　它慢慢坐直，上半身探出洞口。風吹過，它那綠背帶褲上不知積了多久的灰塵隨風飄散，露出原本的鮮亮色彩。

　　轉過頭，木偶衝掌櫃他們歪歪腦袋，動起了嘴巴：「謝謝幾位朋友救我出來，我真的睡了太久，再次見到天空的感覺真好。」說完，它還俏皮地眨了下眼睛。

　　木偶的聲音聽起來怪怪的，沒有任何感情色彩，好像電子合成音，不過它的和善態度終於讓小如意放下心來。看來這木偶雖然體形巨大，卻不會威脅到他們的安全。

　　即使面對木偶，掌櫃也依然彬彬有禮：「在下是記憶古董店掌櫃愛德華，這兩位是在下的同伴。其實在下一行並沒做什麼，是這羣鳥幫助閣下起身的。」

　　在提線的控制下，木偶搖搖大腦袋，說道：「不，是

你們救了我。多虧你們弄塌了洞穴頂，我才能有機會曬到陽光，只有當陽光照在我的衣服上時，我才能被激活。至於這羣鳥嘛，我的意志會通過提線，以特殊的震動頻率傳輸到牠們的爪子上，牠們讀懂那些頻率後，就能依照指令調整飛行高度和角度，通過控制提線來幫助我行動。」

「哎呀媽呀！這麼高科技……」

聽了「乾脆麵」的讚歎，木偶發出古怪的笑聲：「當然厲害了，我爸爸不僅是位植物學家，他在其他領域也很傑出。我要站起來了，你們可以向後退些嗎？我想，待會兒會有很多塵土落下來的。」

待掌櫃他們退到足夠遠的地方後，木偶緩緩站起身來，邁出了洞穴。

小如意拚命把脖子朝後仰，這才能看到木偶的臉，因為它實在太高了！

突然，一個念頭流星般閃過小如意的腦海！

「掌櫃！」小如意湊到掌櫃身邊，壓低聲音，「我們

不是要找高地來俯視迷宮嗎？既然琉璃塔已經塌了，我們能不能讓木偶幫忙？」

掌櫃的嘴角微微上翹：「助理小姐，我也正有此意。而且木偶先生的父親是位植物學家，或許我們可以從他那裏打探到植物迷宮，甚至可以了解到珍珠草的情況。」

木偶活動了幾下四肢，似乎很滿意自己的身體狀況。為了說話方便，它蹲下身，再次向掌櫃一行表達謝意，並訴說了自己的身世。

木偶名叫嗒嗒，那是它的父親——植物學家安東尼博士——給它起的名字，因為它走路的時候，腿關節總會嗒嗒作響。

多年前，獨自生活的安東尼博士為了排遣寂寞，製作出嗒嗒這個巨型提線木偶，並把它當作兒子對待。

嗒嗒的綠背帶褲是能量轉換和存儲裝置，只要太陽光直射其上，那特殊布料便會為嗒嗒提供思維能量，這樣，它就可以召喚出安東尼博士飼養的黑鳥，讓牠們幫它操控

身體。不過，雖然綠背帶褲能像電池一樣儲存能量，供嗒嗒在夜間使用，但如果太長時間曬不到太陽，嗒嗒便會進入休眠狀態。

嗒嗒和安東尼博士一起生活了許多年，感情深厚。工作之餘，安東尼博士喜歡帶嗒嗒到一個名叫漩渦花園的公園玩，那裏有架被丟棄的舊鋼琴，嗒嗒最愛聽父親彈琴。

「嗒嗒，翡翠堡為什麼會變成現在這樣？」小如意忍不住好奇地詢問道，「到底發生了什麼？」

嗒嗒用它那特殊的合成音深深歎了口氣，大眼睛忽閃了幾下，問道：「你們知道綠珍珠嗎？」

「是的。上次遊歷貴地，在下曾有幸購得一枚綠珍珠。其實此次重返故地，在下也是為了綠珍珠而來。」掌櫃簡單解釋了他們的來意。

「原來你們是為了尋找綠珍珠啊，可惜，能長出綠珍珠的珍珠草幾乎已經滅絕了。」

嗒嗒將翡翠堡的變故娓娓道來。

原來許多年前，當人們無意中發現了珍珠草後，都被這神奇植物迷住了。人們想要人工培育它，卻發現只有野生珍珠草才能結出罕見的綠珍珠。野生珍珠草數量有限，在利益驅使下，人們瘋狂地尋找這種植物，企圖將它們據為己有。因為挖掘和養殖不當，珍珠草很快便瀕臨滅絕。

面對這種情況，身為植物學家的安東尼博士心痛不已。為了挽救這個物種，他把僅存的一株珍珠草藏在了漩渦花園的某個地方。

為了得到最後的綠珍珠，被利益沖昏頭腦的居民們威脅安東尼博士——如果不交出珍珠草，便放火燒了嗒嗒！

於是，在一個深夜，嗒嗒被迫逃出家門。安東尼博士告訴嗒嗒，向西跑，在翡翠堡這座海島的西岸，他已經安排好了一艘帆船，只要嗒嗒上了船，就可以遠走高飛。

當時嗒嗒請求安東尼博士和它一起離開，但安東尼博士卻態度堅定地說他必須留下，因為他還要守護世界上最後的珍珠草。為了讓嗒嗒順利離開，他已經種下了威力巨

大的植物迷宮，瘋狂的居民們很快就會被迷宮困住。

　　於是，嗒嗒不得不告別父親，一個人踏上逃亡之路。它剛剛逃出市區，就發現一種詭異植物以極快的速度將翡翠堡變成了巨大的迷宮！所有居民都迷失在迷宮裏，他們再也別想找到嗒嗒了。

　　那個夜晚，就在嗒嗒即將趕到西岸時，它卻不小心掉進了一個洞穴。因為綠背帶褲存儲的能量已在逃亡中耗盡，在沒有陽光的夜晚，嗒嗒無法獲取能量，只好被迫進入休眠狀態。

　　「可是嗒嗒，只要第二天太陽出來，你不就能被重新激活了嗎？」小如意忽然想到這一點。

　　嗒嗒眨眨眼睛：「是啊，我也覺得奇怪……」

　　「因為琉璃塔。」掌櫃忽然開口，「那天晚上，琉璃塔坍塌了。」

44

解密植物迷宮

「琉璃塔？」

小如意和嗒嗒異口同聲，而嗒嗒好像突然想起了什麼：「對了！以前這裏有座漂亮的透明高塔，可它現在不見了！」

「嗒嗒落入洞穴時一定引起了一場小型地震，琉璃塔本就年久失修、搖搖欲墜，於是它就在那次地震中倒塌了。大量塵土磚石填充了嗒嗒落入的洞穴。還記得嗒嗒之前說的嗎？只有太陽直接照射在背帶褲上，太陽能才能被

轉換和儲藏。雖然琉璃塔的磚石是透明的，卻也起到了一定的隔離作用，使陽光無法直射在背帶褲上。這就是為什麼嗒嗒一直無法從休眠中蘇醒。後來隨着時間流逝，塵土荒草覆蓋了磚石，嗒嗒便徹底陷入了黑暗。」

「可是掌櫃，我們剛才看到的洞穴是空的呀。」小如意很納悶。按照掌櫃的推理，剛才嗒嗒應該被壓在一堆磚石之下才對。

掌櫃不緊不慢地解釋起來：「琉璃塔雖然名字中有『琉璃』，但它的建築材料其實是種植物。」

「哎呀媽呀！那塔居然是植物建的！」「乾脆麵」感到難以置信，「不會吧！上次來時我怎麼沒聽說這事？」

掌櫃不動聲色地瞟了「乾脆麵」一眼：「因為在我向當地人了解琉璃塔的背景時，你正忙着向一位女士推薦你的靈丹妙藥。」

「這樣啊……」「乾脆麵」面不改色地對小如意吹噓，「你看我多敬業，連出來度假都不忘工作。哦，對

了，我是不是沒告訴過你？以前我做過藥品銷售，賣一種我自己精心研發的……」

「好了，我不想知道多少人吃了你的藥後死得更快。」小如意已經把臉轉向了掌櫃，「掌櫃您繼續講啊，那植物到底是怎麼回事？」

掌櫃不再理會悻悻的「乾脆麵」，開始講述琉璃塔的故事。

原來在翡翠堡西海岸有種野生植物，通體透明。如果將這種植物採來放在陽光下曬乾，它就會變得異常堅韌。

當年，一位建築師偶然路過此地，這種有趣的植物激發了他的創作靈感，於是他便設計修建了一座高塔——建塔所用的磚石都由這種植物壓縮切割而成。因為高塔晶瑩剔透，宛若琉璃，便將其命名為琉璃塔。

然而這種植物還有個特性——如果長期處於黑暗中，便會慢慢氣化，最終消失不見。建築師一定也知道這一點，但他大概認定高聳的琉璃塔不可能會長期不見天日

吧。誰也沒有料到，琉璃塔在多年後意外坍塌，大量琉璃磚隨塵土落入了洞穴。塵土和植被覆蓋了地表，在之後日復一日的黑暗中，磚石逐漸化為氣體，洞中的大量氣體支撐着地面的薄薄土層，直到後來小如意跑上去，才破壞了那微妙的平衡……

「原來是這樣啊！」小如意望着掌櫃，滿眼欽佩，連嗒嗒也眨了眨它的木頭眼皮，贊同掌櫃的推斷。

「不管怎樣，我都要謝謝你們。」嗒嗒的命令通過提線傳送到那羣黑鳥身上，於是牠們協作調動提線，讓嗒嗒向掌櫃他們行了個禮，「真不知道要怎麼報答你們。對了，既然你們是要找綠珍珠，不如讓我來幫助你們一起尋找？」

「難道嗒嗒你知道綠珍珠的下落？」小如意的眼睛頓時亮了。

然而嗒嗒卻搖搖頭：「我只知道爸爸將最後的珍珠草藏在了漩渦花園，但他沒告訴我具體位置，而且……」

嗒嗒扭頭望向遠方的植物迷宮：「現在城市已經變得面目全非，恐怕我連漩渦花園都找不到了。」

　　「乾脆麵」撇撇嘴，嘀咕起來：「這不跟沒說一樣嗎？還說要幫我們……」

　　掌櫃瞟了「乾脆麵」一眼，目光凌厲，示意他不要多嘴失禮。隨後掌櫃上前幾步走到嗒嗒面前，言辭恭敬而懇切：「嗒嗒先生，如果可以，能否助在下一臂之力？」

　　嗒嗒馬上來了精神：「當然可以！需要我做什麼呢？」

　　掌櫃笑笑，瞳孔中閃過一抹亮光。小如意知道，掌櫃一定想出了什麼好辦法。

　　掌櫃需要的，真的是嗒嗒的「一臂之力」。

　　琉璃塔已經坍塌，因此現在翡翠堡的最高海拔就是嗒嗒這個巨型木偶了。掌櫃的計劃是讓嗒嗒把他舉過頭頂，這樣他就可以俯瞰植物迷宮的走勢，從它們的變化中找出

規律。

這件事對嗒嗒來說易如反掌。

白天，嗒嗒的綠背帶褲已經吸收了充足的太陽能，所以這天晚上，當小如意和「乾脆麵」在帳篷裏休息時，嗒嗒一直將掌櫃托在手心，讓他凝神研究植物迷宮的變化。

夜深露重，小如意蜷縮在睡袋裏，半夢半醒間還是覺得冷，但沒一會兒，她竟覺得身體暖和起來，好像有人給她蓋了條厚鴨絨被。

「怎麼回事啊？」小如意費力地睜開朦朧睡眼。

「乾脆麵」睡在小如意身旁，此刻，他那條灰色狼尾像條毛茸茸的毯子，正蓋在她的睡袋上。

小如意知道，「乾脆麵」不像掌櫃那樣珍視尾巴，掌櫃甚至在變成人形之後還要驕傲地保留着尾巴和耳朵，而「乾脆麵」則更願意「完美融入人類社會」，所以在以人形示人的時候，他絕不讓自己的狼尾顯形。

而眼下，這傢伙居然把尾巴變了出來！

小如意心裏一陣感動，「乾脆麵」一定是怕她冷，所以用尾巴給她保暖。這麼想着，她開始有些後悔，以後是不是不要再叫這傢伙的外號了⋯⋯

　　就在這時，背對小如意的「乾脆麵」忽然悶聲悶氣地開口道：「感動吧？不用謝我，要謝就去謝你家掌櫃吧。臨睡前他命令我照顧好他的助理小姐，讓我在適當的時候幫你保暖⋯⋯哎呀媽呀，人類還真是脆弱的生物啊，你們到底是怎麼做到統治地球的⋯⋯」

　　「掌櫃⋯⋯」小如意心裏暖暖的。一想到此時此刻掌櫃還獨自待在冷風中工作，她便心疼起來。

　　「保溫壺裏還有熱茶。」小如意從睡袋裏鑽了出來，「雖説狐狸習慣夜間活動，但喝杯熱茶還是能提提神⋯⋯『乾脆麵』，謝謝你的尾巴，很暖和呢。」

　　「乾脆麵」頭也不回地説：「不謝，反正我也是被迫的⋯⋯不過我勸你，待會兒送茶就送茶，別提什麼『狐狸習慣夜間活動』的事，小心你家掌櫃扣你年終獎。對了小

51

傢伙，你不是恐高嗎？」

小如意猶豫了一下，隨即做了個鬼臉：「既然掌櫃那麼體恤下屬，那我作為首席助理，自然也要克服心理障礙，多關心掌櫃才行啊！」

説完，她抱起保温壺鑽出了帳篷。

夜很深了，帶着濕冷寒意的海風吹來，小如意一下子就清醒了，她望向不遠處的小土丘。

清亮月光下，木偶嗒嗒的巨大身影矗立在土丘之上，它高高舉起右手臂，將手掌擎向天空。而在它的大手中，有個小黑影。

小如意知道，那就是掌櫃。他在風中一動不動地站着，定神凝望着銀色月光籠罩下的植物迷宮。

小如意把保温壺背在背上，走向土丘。

木偶嗒嗒全身都是木質的，上面布滿了刀刻留下的痕跡，它們形成的溝壑，就像攀岩時的完美支點，小如意順着嗒嗒的小腿向上爬，打算先爬到它的左手附近。

「嗒嗒——帶我上去——」小如意終於爬到嗒嗒膝蓋上方，她一手摳緊它腿上的刻痕，一手拽着它背帶褲的下擺，緊張地呼喚道。恐高症已令她手腳發軟。

聽到小如意的聲音，嗒嗒低頭看了看，馬上明白了她的意思。它攤開左手讓小如意跳上去，然後舉起手臂，將她運送到掌櫃身旁。

掌櫃極其專注地凝望着前方，似乎根本沒察覺身旁多了個人。耳邊只有呼呼夜風，小如意屏氣斂息不敢出聲，生怕打擾掌櫃的思路。

在掌櫃腳邊坐下後，小如意覺得自己的恐高症總算有所緩和，她定定神，學着掌櫃的樣子向前方望去。

深夜，城市裏沒什麼燈光，好在月光皎潔，小如意望着眼前的情景，不知該如何形容。

整座城市宛如一匹墨綠綢緞，被風吹皺，暗紋湧動。小如意知道，那「動感」其實來自於巨型植物的移動。

高大灌木快速改變着生長方向，白天的迷宮格局已被

打亂、重組。今天橫擋在你家門前的植物高牆，明天就會消失不見，取而代之的，或許是一道將房屋一分為二的縱向綠牆。

「好神奇！」小如意暗自感歎。

在這與世隔絕的海中孤島上，人與人之間的關係竟是如此脆弱、短暫。沒有親人和朋友，就這樣孤獨地度過一生不知是何滋味？小如意只是稍微想像了一下，便覺得不寒而慄。

五年前，身受重傷並且記憶全失的小如意被掌櫃無意中救起，從此她便留在了記憶古董店。掌櫃治好了小如意的傷，教授她各種知識，使她成為一名出色的首席助理。雖然她不記得自己的過去，也沒有家人，但她至少還有掌櫃這個親人般的老闆，還有塞巴斯蒂安、「乾脆麵」等妖怪朋友，所以她從未覺得孤獨。

不管怎樣，孤獨的滋味一定不好受……這麼想着，小如意不禁抬起頭向掌櫃望去，她祈禱掌櫃能找到植物迷宮

的變化規律，幫翡翠堡居民擺脫孤苦一生的命運。

掌櫃極其專注地凝望着移動的植物迷宮，眉頭微皺。小如意知道，此刻他大腦裏一定正在進行極其複雜的運算。

想起運算，小如意不由得聯想到她的代數考試，於是暗暗歎了口氣——每個星期二和星期五的晚上都是掌櫃給她上數學課的時間。這次委託任務結束後，她就要進行代數考試了，可她最近都沒有好好複習。

不知胡思亂想了多久，小如意抱着暖水壺，靠在掌櫃腿邊昏昏睡去。直到掌櫃把她叫醒，她才發現自己之所以不冷，是因為掌櫃把他的大尾巴搭在了她身上。

「掌櫃！」小如意既感動又愧疚，忙擰開暖水壺，倒了杯茶遞過去，「掌櫃，您喝杯熱茶？」

掌櫃接過茶杯，輕輕地挑了下眉毛：「助理小姐，你的恐高症何時痊癒的？」

「沒有痊癒呀，但我一想到自己有個體貼員工的好老

闊，就什麼困難都能克服啦！」小如意嬉皮笑臉地回答，「怎麼樣啊，掌櫃？對於我這麼感恩圖報的員工，回去後您是不是考慮給我漲漲薪水？」

喝了口還冒着氤氳熱氣的紅茶，掌櫃看也沒看小如意：「工作時間不談員工福利問題。想要完全找到植物迷宮的規律，至少還需要一周，所以今天白天，我們進城找家旅館住下。」

「旅館？」小如意並不覺得這是個好主意，「可是掌櫃，那迷宮每天移動，我們進進出出容易迷路……」

「不是我們，是你們。」掌櫃不慌不忙地説，「我從不迷路。你們兩個安心待在旅館裏別亂跑，晚上我一個人回到這裏觀察迷宮走勢。」

雖然很不情願跟「乾脆麵」一起留在旅館，但小如意知道，掌櫃決定的事，沒有商量餘地。

天亮後，掌櫃一行向市裏出發了。因為嗒嗒實在太過

高大，掌櫃擔心它的出現會引起居民恐慌，便讓它暫時留在琉璃塔遺跡附近等候。

在迷宮邊緣的某條街道上，掌櫃找到一家名為「小貝殼」的旅館，將大家安頓下來。

隨後的幾天裏，掌櫃白天在旅館裏思考、看書，傍晚便獨自出門，趕到琉璃塔那裏和嗒嗒會合，觀察植物迷宮的變化。於是小如意暗自得出結論——就算變成人形，狐狸這種犬科動物也還是改不了晝伏夜出的生活習性。

在小貝殼旅館住宿的第六天深夜，小如意正夢到自己在吃冰淇淋華夫餅，卻恍惚聽到砰砰的聲響，似乎有人在敲窗戶。

「塞巴斯蒂安？你什麼時候跑到外面去啦？」小如意睡眼惺忪地爬起來，拉開窗簾，然而窗外並不是塞巴斯蒂安，而是隻大眼球！

小如意嚇得汗毛倒立，差點癱坐在地。不過她很快反應過來：「嗒嗒！你怎麼來了？」

推開窗，小如意這才發現掌櫃正站在嗒嗒右肩上，而「乾脆麵」則懶洋洋地坐在它左肩上打哈欠。塞巴斯蒂安輕聲鳴叫着，盤旋在半空。

「助理小姐，用你最快的速度穿好衣服，我們要馬上去漩渦花園。」掌櫃表情嚴肅，語調也比平時快。

「乾脆麵」無精打采，顯然他也是剛被叫醒。「哎呀媽呀，小如意你睡得也太死了，叫你半天都沒反應，還以為你在睡夢中駕鶴西去了呢……我就納悶了！人類這種缺乏警覺性的生物，怎麼能進化到現在都還沒滅絕呢？」

小如意懶得理會「乾脆麵」的調侃，一邊穿衣服一邊飛快地問道：「掌櫃，難道您已經找到迷宮規律了？」

月色中，掌櫃嘴角露出一絲狡黠笑容：「沒錯，助理小姐。我已經算出了規律，而且我還知道，所有這些灌木都是從一個地方生長出來的——漩渦花園，也就是嗒嗒的父親藏珍珠草的地方。」

「掌櫃您太厲害啦！」小如意一激動，扣子都扣錯位

了，「可是掌櫃，為什麼我們一定要半夜三更過去啊？」

「夜深人靜，嗒嗒不容易被人發現。嗒嗒以前常去漩渦花園，它更熟悉那裏的情況，有助於我們調查。」見小如意還在笨手笨腳地重新扣紐扣，掌櫃略顯無奈。

「助理小姐，這次回去後，請你着重練習如何在緊急狀況下快速穿衣。因為帶着嗒嗒，我們只能在夜間行動，時間有限，請你提高效率。」

「好啦好啦！我馬上下樓！」小如意總算穿好了衣服。她胡亂套上鞋，正要朝房門跑，卻被「乾脆麵」叫住。

「哎呀媽呀！你去哪兒？直接從窗戶爬出來不就行了！愣着幹嗎？趕緊過來啊！」

被「乾脆麵」催促着，小如意硬着頭皮從二樓窗戶跨了出去，心驚膽戰地跳進了嗒嗒的手掌心。

小如意暗想，唉，這次委託任務結束以後，我的恐高症恐怕已經被迫好得差不多了⋯⋯

在這個只有植物移動的沙沙作響的深夜裏，翡翠堡的居民都安睡着。沒人知道，此時此刻一羣黑鳥正操縱着巨型提線木偶在城市中悄聲行走。

按照掌櫃提示的方向，嗒嗒跨着大步向漩渦花園走去。20多分鐘後，它停了下來，目的地到了。

站在嗒嗒右肩上，一直在偷吃夾心餅乾的小如意被眼前的景象驚呆了，半塊餅乾差點從她嘴裏掉出來。

「這⋯⋯這就是漩渦花園？到底是誰把這麼詭異的地方命名為『花園』的！」

舊鋼琴中的萬花筒

　　直到身臨其境，小如意才明白這裏為何會被稱為漩渦花園——從高處俯瞰，它簡直就像個巨型漩渦！

　　高大灌木由四面八方匯聚而來，順着漩渦的流轉方向逐漸聚攏，最終在漩渦中心聯結。原本深淺不一的綠枝統統被夜晚染成墨色，風簌簌吹過，這黑漩渦隨之緩緩蠕動，就像個在呼吸的大怪物。

　　「全城的植物都是從這兒長出來的？」「乾脆麵」感到不可思議。

嗒嗒歪歪腦袋，聲音有些猶豫：「奇怪，這裏和以前不太一樣啊……以前我和爸爸來玩時，這裏就是個普通花園，因為幾乎沒有遊人，花草疏於打理，幾乎都快要廢棄了。中心有個小花圃，裏面的植物胡亂生長，恰好長得像個小漩渦，所以我和爸爸才會叫它漩渦花園。可現在……怎麼整個花園都變成了漩渦？連鋼琴都看不見了……」

「鋼琴？」小如意隱約記起，嗒嗒曾說過安東尼博士喜歡在漩渦花園裏彈琴。

「嗯，我們在花園的角落發現了一架被人丟棄的舊鋼琴。經過爸爸調試，那琴居然還能彈。後來我們每次過來玩，他都會彈琴給我聽。」

小如意瞪大眼睛仔細尋找，可整個花園幾乎都被高大的灌木覆蓋了，根本看不到地面的情況。

「閣下請留在此處守候。在下帶員工進去查看。」

聽了掌櫃的話，嗒嗒把肩上的三個人放了下來。

從高處回到地面，小如意頓時覺得四周暗了許多。皎

潔的月光被高聳灌木的繁茂枝葉阻隔，她好不容易才適應眼前的幽暗。

看到小如意開始在包裹翻找狼眼強光手電筒，「乾脆麵」壞笑道：「人類小朋友，你在找什麼呀？哦，那個會發光的奇怪東西是什麼？我不認識啊。沒辦法，我們的夜視能力比你們人類強太多，哈哈哈哈……」

想不出什麼話來反駁「乾脆麵」，小如意只好乾瞪了他一眼，隨即握緊手電筒，跟在掌櫃身後向花園大門走去。

大門口有塊石雕平面圖，上面不僅刻畫出了花園輪廓和每條小路，還標出了各個區域的主要花卉。不過，這平面圖現在已經沒用了——高聳的植物牆早已將花園切割得看不出本來面目，那些小路走不通了。

四周很安靜，只能聽到雙腳踏在落葉上發出的沙沙聲。小如意緊跟掌櫃，生怕在這深幽詭異的花園裏迷路。

掌櫃方向感很好，不一會兒，他便帶領大家抵達了「漩渦」中央。循着周圍灌木的根莖觀察，不難發現它們

都是從一個古怪的地方生長出來的———一架破舊鋼琴！

這應該就是嗒嗒提過的那架鋼琴。

當年嗒嗒和安東尼博士將這架廢棄鋼琴搬出了花園角落，安放在中央花圃裏。眼下它漆色斑駁，琴板變形，琴身傾斜，腳踏板甚至已被埋入土中，而所有灌木的根莖，都來自它的琴箱。

「太誇張了吧！鋼琴裏居然能長出那麼多植物來？」小如意不敢相信這是真的，不禁感歎道。

「乾脆麵」嘴角抽搐了一下，也覺得這事離奇：「表哥，現在怎麼辦？把這些妖樹砍了？還是直接放把火把它們統統燒了？」

掌櫃根本懶得看「乾脆麵」一眼：「簡單粗暴。這倒是顛茄你的一貫作風。」

說完，掌櫃踏着滿地枯葉走到鋼琴前。他小心翼翼地翻開琴鍵蓋。由於年頭太久，白色琴鍵都已泛黃，不少琴鍵甚至已經開裂。

叮——隨着掌櫃信手按下一個琴鍵，這古舊鋼琴居然發出了聲響！雖然跑音厲害，但確實是它發出的聲音。

「哇！這琴是什麼牌子？質量真過硬！」小如意湊上去打量鋼琴，卻發現了奇怪的地方，「掌櫃您看！這裏有樂譜！」

其實掌櫃已經看到了——在琴蓋內側，不知是誰用刻刀刻下了一首小曲的樂譜。

因為跟掌櫃學過音樂，小如意便看着五線譜小聲哼唱起來。咦？這譜子有問題……

不等小如意詢問掌櫃，「乾脆麵」已經捂着耳朵開腔了：「哎呀媽呀！我説小如意啊，你要是五音不全就不要唱歌好不好？唱得比我還難聽……」

「不是我的原因啊！這樂譜有古怪！」小如意白了「乾脆麵」一眼，轉而向掌櫃説道，「掌櫃您看，這曲子是F大調的，樂譜上也有降記號，可我發現每個有降si出現的小節裏，總是少一拍……」

説着，小如意指着樂譜的某一處：「您瞧這裏，應該是四拍吧？可現在只有三拍。還有這裏……這裏……」

　　掌櫃點點頭。其實他早已發現了這個疑點，只不過為了測試自己的助理小姐才故意沒説破。

　　「乾脆麵」是個樂盲，他靠在鋼琴旁催促道：「少就少了唄，有什麼關係？我們又不是來批改音樂試卷的……表哥，我還是覺得咱們應該放把火把這鋼琴給燒了！」

　　掌櫃正在思考，被「乾脆麵」的嘮叨弄得心煩，於是目光凌厲地掃了他一眼：「安靜。我在想事情。」

　　於是「乾脆麵」心虛地衝小如意做了個鬼臉，不敢再出聲了。

　　小如意見掌櫃閉上雙眼，面容沉靜，知道此刻他一定在進行激烈的頭腦風暴，於是她也屏氣斂聲，生怕擾亂掌櫃的思路。

　　四周只有夜風吹亂枝葉的沙沙聲，小如意耐心地等待着。不久，掌櫃睜開雙眼，瞳孔中閃過自信的微光。

「掌櫃……」小如意輕聲詢問，「您想到什麼了？」

掌櫃溫和地吩咐道：「助理小姐，請把我那把雕玉手柄的元代匕首拿出來。」

「好！」雖然不知道掌櫃要幹什麼，但小如意還是立刻打開了背包。

「表哥你要刀？」「乾脆麵」從腰間摸出個東西遞到掌櫃面前，「用我的吧，這東西肯定比你那老古董好用。」

那是一把瑞士軍刀。

然而掌櫃卻不領情，他不鹹不淡地說：「你可以買網上三件包郵的T恤，但我只穿倫敦薩維爾街頂級裁縫為我量身定製的西服；你可以用兩元店的玻璃杯喝超市買的啤酒，但我只喝勃艮第特級葡萄園的頂級葡萄酒，並且一定要配我那隻法國雙色水晶古董酒杯……顛茄，這就是你與我的不同。所以，你用工業化大批量生產的現代刀，而我，要用我的雕玉古董刀。」

說着，掌櫃接過小如意遞來的元代匕首，然後俯下

身，用鋒利的刀尖在琴蓋內側的樂譜上刻着什麼。

小如意湊過去一看，掌櫃居然在五線譜上刻音符！

「掌櫃！您知道缺少哪些音符了？」

掌櫃一邊認真地進行手中的工作，一邊向小如意解釋起來：「這樂譜就是密碼，它記錄了植物迷宮的變化規律。剛才我試着把迷宮的規律和樂譜聯繫起來，結果發現這個假設是成立的。只要依循迷宮的變化規律，就能推導出樂譜中缺少的音符。」

刻完最後一個音符，掌櫃給小如意布置了一個任務：「助理小姐，請你按照樂譜完整地彈奏出這首樂曲。」

「好。」小如意答道。

小如意既緊張又好奇，不知道隨後會發生什麼。她做了個深呼吸，隨即將雙手放在了琴鍵上。

隨着琴鍵被按下，這古舊鋼琴裏傳來奇妙的聲響。這聲響不算傳統意義上的動聽，卻彷彿有魔力，讓人欲罷不能——好像一卷長長的畫軸正徐徐展開，你永遠在期待即

將呈現於眼前的會是怎樣的一幅奇異畫面。

小如意剛彈完第三小節，不可思議的事情便發生了！

周圍的巨型灌木開始落葉，就如同被按下了「快進」鍵似的，枝頭樹葉雪片般紛紛飄落。幾片葉子落在琴鍵上，小如意用餘光看到，原本綠意正濃的樹葉居然全黃了！

在掌櫃的提醒下，小如意不敢分心，繼續認真地演奏。

第五小節也完成後，周圍樹上的葉片幾乎已經零落殆盡。伴隨着第六小節樂曲聲的響起，這些灌木的枝幹開始迅速枯萎，咔咔地開裂凋落！

即便沒有抬頭觀察周圍，小如意也知道原本高大的植物牆在萎縮。沒有了遮天蔽日的灌木，周圍越來越亮，久違的月光又照在了她身上。

終於，小如意彈完了最後一個音符。

小如意直起身重新打量四周，發現整個世界都不同了！

令人壓抑的高大灌木不見了蹤影，只剩下滿地枯枝敗葉。抬頭望去，視野內不再是被植物切割成小塊的天空，

取而代之的是遼闊無垠的燦爛星空！

所有人都沐浴在銀色月光中，小如意注意到掌櫃嘴角帶有一絲淡淡的笑意。好難得……她想。平日裏不苟言笑的掌櫃終於露出了笑容，這讓小如意很開心。

嗒嗒走過來，它膝蓋發出的嗒嗒的摩擦聲現在聽來竟是如此動聽。

「你們太厲害了！居然打敗了植物迷宮！你們拯救了整個翡翠堡！這究竟是怎麼做到的？」

小如意把掌櫃破解樂譜秘密的經過告訴嗒嗒，最後還不忘調侃「乾脆麵」：「我說『乾脆麵』啊，你看看，同樣是妖怪，這做妖的境界怎麼就有這麼大的差距呢？」

「乾脆麵」憤憤不平，他扯住一根枯枝，想把它從琴箱裏拽出來洩憤：「這麼說可不公平！表哥比我大一百多歲呢！你想想看，一百年能多學多少東西？我……哎呀媽呀！這裏有東西！」

「乾脆麵」嚇得聲音都變了調，那狼嚎讓小如意全身

的汗毛都豎了起來!

「乾脆麵」一下跳到掌櫃身後,結結巴巴地說:「表、表哥,那裏面有東西!我剛才拽着樹枝感……感覺到了!那東西在裏面打滾……」

掌櫃的眼神頗為狐疑:「你確定?如果裏面有活物,我不可能這麼久都沒感應到。」

「我沒騙人!剛才真有東西在裏面滾了一下!」

於是掌櫃走到琴箱旁,扒開周圍枯死的枝條,朝裏面望去。

小如意站在原地,猶豫着是該走過去幫掌櫃,還是索性躲得更遠些。不過,身為「記憶古董店首席助理」,她的自尊心還是佔了上風。她怎麼能留掌櫃一人面對危險呢,萬一有突發情況怎麼辦?

這麼想着,小如意艱難地挪開雙腳,向掌櫃靠過去:「掌櫃……裏、裏面有什麼啊……」

掌櫃沒有回答她的問題,而是從容地脫下西服外套遞

給小如意，叮囑道：「拿好，不要弄皺了。」

小如意小心翼翼地捧着掌櫃的寶貝西服，看着他把襯衫衣袖捲起，將手臂伸進了琴箱！

「小心啊，掌櫃！」小如意失聲叫道，「小心它會咬人！」

「你説這東西會咬人？」説話間，掌櫃已經直起了身，手裏舉着從琴箱裏拿出的東西。

「呃……這是？」小如意倍感驚訝，「萬花筒？」

「沒錯。是個萬花筒。剛才顛茄扯動枝條，就是這萬花筒在滾動。」

掌櫃把萬花筒交給小如意，吩咐她將萬花筒擦拭乾淨，而他自己則不緊不慢地重新穿戴整齊。

小如意的驚訝是可以理解的，因為眼前的這東西實在與正常萬花筒的形象不太符合——它簡直就是萬花筒王國的巨人！它的橫截面比小如意的臉還大出一圈，眼下她抱着它，就像抱着一枚炮彈！

「鋼琴和萬花筒？真是奇怪的組合。」「乾脆麵」舉起已經擦拭乾淨的萬花筒，上下左右看了看，「這東西也有些年頭了，我先來看看。」

「乾脆麵」對着月光把萬花筒舉到眼前：「奇怪，圖案都不會變嘛，估計壞了。」「乾脆麵」將萬花筒轉來轉去，可看到的圖案始終紋絲不動。

「給掌櫃看看。你這點智商，就算有線索也看不出來。」小如意從「乾脆麵」手中拽走了萬花筒。雖然她滿心好奇，很想趁機看一眼，但它實在太重，她根本無法把它舉到眼前，於是只好悻悻地遞給了掌櫃。

掌櫃舉着萬花筒看了幾分鐘，臉上的表情說不出是欣慰還是得意，「助理小姐，你來看看，然後把你的想法告訴我。」

小如意知道，掌櫃是在故意考驗她的觀察力和判斷力。

萬花筒表面原本應該有層裝飾紙，可惜年代久遠，受到潮氣、灰塵以及蛀蟲的侵襲，紙上的花紋斑斑駁駁，

原本亮麗的顏色泛着暗黃。不知是不是剛才滾動受損的緣故，一端的玻璃片上還有些裂縫。

對着月光，小如意向萬花筒裏望去。

在清澈透亮的月光的映照下，一個漂亮的圖案出現在小如意眼前。

櫻桃紅、紫羅蘭、檸檬黃、蘋果綠⋯⋯五彩繽紛的細碎紙片拼湊出一個完整的圖案。

「這圖案⋯⋯怎麼有種似曾相識的感覺？」小如意不由得眉頭緊皺，絞盡腦汁想要抓住腦海中紛飛的記憶碎片。

「對了！」電光石火之際，一個靈感忽然冒出來，她興奮地叫道，「掌櫃，這圖案是不是漩渦花園的平面圖？！」

掌櫃點點頭：「你注意到了。」

「平面圖？什麼平面圖？」「乾脆麵」一臉茫然。

小如意立刻嚷道：「『乾脆麵』你什麼眼神啊！記得門口的花園平面圖嗎？這萬花筒裏的圖案和它一模一樣！中間是圓形，在十二點、三點、六點和九點鐘方向各延伸出一個長長的銳角三角形，而這四個三角形之間，又各有些小三角

形——它們就像中間那圓形『太陽』發出的『光芒』！」

「乾脆麵」接過萬花筒仔細看了看，喃喃自語：「哎呀媽呀，還真是……這花園設計得真別致啊！可惜玻璃上有裂紋，不然這圖案看起來就完美了……」

「你錯了，顛茄。」掌櫃幽幽地開口，「正因為有了那些裂紋，這圖案才堪稱完美。」

「啊？」小如意和「乾脆麵」異口同聲，一時間，他們都沒領悟掌櫃話中的含義。

「那不是裂紋，而是路線。」掌櫃望着兩人，眼神富含深意。

小如意立刻反應過來，她重新向萬花筒裏看去。

果然！那些裂紋看似隨意，實則別有內涵——一條條裂紋如同小路，蜿蜒延伸，它們的出發點不同，卻向同一終點匯聚。

「掌櫃！這簡直就是藏寶圖啊！如果裂紋暗示着花園裏的小路，那麼……」小如意激動萬分地喘了口氣，「那麼所有路線匯聚的地方，會不會隱藏着重大秘密？沒準珍

珠草就在那裏！」

掌櫃依舊是那副波瀾不驚的淡然表情：「我們現在還找不到那地方。助理小姐，你是不是忽略了一件事？」

「嗯？什麼事？」小如意不明白掌櫃的意思。她思量着，只要按照地圖上的小路走，明明很容易找到終點啊⋯⋯小路⋯⋯啊！對了！小如意恍然大悟。

因為迷宮植物牆的枯萎，現在地面上幾乎都是厚厚的枯枝敗葉，根本不可能找到小路的痕跡！

「難道我們要先把整個花園打掃乾淨？」小如意沒底氣地嘟囔道。

掌櫃沉思片刻，把萬花筒遞給嗒嗒：「勞煩閣下看看這圖案，裏面的不同顏色是否有特別的寓意？」

嗒嗒用它的大手拿起萬花筒放在眼前，這東西的尺寸對它來説倒正合適。它看了好久才開口，沒有感情色彩的聲音在寂靜的深夜裏更顯古怪。

「我想，我知道這些顏色代表的含義⋯⋯」

梨樹下的秘密

「或許，這些顏色代表花園裏不同的植物。」嗒嗒把萬花筒還給掌櫃，認真地解釋起來，「漩渦花園是我和爸爸為它取的名字，其實說它是個果園更合適。圖案中間的圓是由紅、橙、黃三種顏色的同心圓組成的。記得以前我和爸爸要想去中心花圃，必須穿過三片果樹區，薔薇莓、枇杷樹和楊桃樹。它們果實的顏色不正好是紅、橙、黃嗎？而且那三片果樹區也是按同心圓分布的。」

掌櫃抬起頭追問道：「閣下可還記得同心圓兩點鐘方

向是什麼果樹？」

嗒嗒歪着腦袋想了想：「那裏是一大片葡萄藤。」

在萬花筒裏的圖案上，與葡萄藤對應的顏色正好是紫色。掌櫃不動聲色地繼續詢問：「六鐘方向又種着什麼果樹？」

這次嗒嗒回答得更快：「是番石榴！這個我記得很清楚，因為我們就是在那裏發現鋼琴的，後來才把它搬到中心花圃。番石榴果區兩邊分別是藍莓和藍靛果。」

掌櫃不由得點了點頭。嗒嗒所説的番石榴區恰好在圖案中就是綠色，而它兩旁都是藍色。看來嗒嗒的猜測沒錯，萬花筒裏的圖案顏色確實代表着不同果樹。

「表哥，我們知道這個又有什麼用？」「乾脆麵」忍不住插嘴道，「難道要來個水果採摘一日遊？我可不愛吃素……」

小如意環顧四周，剛才腦海中冒起的靈感漸漸清晰了起來。

由於巨型灌木的長期壓迫，曾經茂盛的果樹得不到陽光的照射和生長空間，早已全部枯死了。眼下能看到的只是些乾枯的殘枝，它們歪歪斜斜地立着，彷彿在提醒人們那果實纍纍的過去⋯⋯

　　「掌櫃，即使有樹葉遮擋，我們還是有辦法找到小路終點的。」小如意決定把自己的想法說出來。

　　「助理小姐，你有何高見？」

　　迎着掌櫃鼓勵的目光，小如意解釋道：「我們需要嗒嗒的幫助。它記得果樹曾經的分布情況，也不止一次見過那些果樹，我想它應該可以通過殘留的枝幹，分辨出它們是什麼果樹，曾在哪片果區。這樣，只要對照萬花筒上的顏色和裂紋的位置，我們就能確定小路的大致方位了。」

　　掌櫃點點頭：「確實如此，雖然無法做到完全精確，但我們至少可以定位幾條小路的大致交匯點。這個萬花筒被藏在如此隱蔽的地方，想必當年隱藏它的人別有用意，萬花筒裏隱藏的秘密或許會對我們這次委託任務有益。」

「乾脆麵」不以為然地反問道：「表哥，你怎麼知道這所謂的『藏寶圖』會對我們有幫助啊？」

「因為萬花筒的尺寸。」掌櫃冷冷地解釋道，「這萬花筒的尺寸對嗒嗒先生來說非常合適。」

「所以呢？」「乾脆麵」歪着腦袋，努力想跟上表哥的思路。

「如果只是為了隱藏一個秘密路線圖，普通尺寸的萬花筒足矣，可那藏寶人卻將萬花筒做得如此巨大。」掌櫃眼中閃過一道光，「很可能，他是為了把萬花筒裏的信息給特定的人看，而那個特定的人出於某種原因，只能用大號萬花筒。」

小如意腦中頓時劃過一道閃電：「是嗒嗒！」

因為過於激動，她不得不做個深呼吸才能繼續講話：「那萬花筒就是為嗒嗒做的！普通尺寸的萬花筒對嗒嗒來說太小了，它無法看到裏面的秘密！」

「很好，助理小姐，繼續。」

「嗯……我想想……」小如意咬緊嘴唇，大腦飛速運轉，「到底是什麼人要把這信息留給嗒嗒呢？嗒嗒在翡翠堡沒有朋友，唯一認識的人就是……天哪！那藏寶人難道就是它爸爸？安東尼博士造出了嗒嗒，因此只有他最清楚嗒嗒的眼睛適合看多大尺寸的萬花筒！」

嗒嗒聽了這話，既震驚又激動：「真的嗎？這真是爸爸留給我的信息？」

掌櫃點點頭：「可能性極大。如果真是那樣，珍珠草就近在咫尺了。假如製造萬花筒的人就是安東尼博士，那麼這萬花筒便能引導我們找到珍珠草。」

啪！小如意興奮地打了個響指，說道：「那我們還等什麼！趕緊出發吧！」

掌櫃不動聲色地瞟了小如意一眼：「助理小姐，請時刻記得規範自己的言行舉止。」

小如意衝「乾脆麵」吐了下舌頭，暗想，看來這次回去後，掌櫃又要讓我狂背《優雅Lady的自我修養》那本讓

人頭大的書了⋯⋯對他來說，女孩子打響指的行為真有那麼糟？

　　在嗒嗒的幫助下，掌櫃一行順利到達了目的地。按照萬花筒裏圖案上裂痕路線的提示，此時，他們腳下的這塊土地就是所有小路的交匯點。

　　嗒嗒説，這裏曾有一小片梨樹林。可惜現在樹幹橫七豎八，倒了一地。唯有一棵梨樹還挺立在空地上，而它也早已枯死，光禿禿的，一片樹葉都沒剩下。

　　「真可惜，這片梨樹還是爸爸親手種的呢⋯⋯」嗒嗒惋惜地説。

　　「爸爸告訴過我，在我媽媽病逝那年，他一個人來這裏種了一片梨樹來紀念她，因為她的名字叫『小梨』⋯⋯以前梨花開的時候，這裏可漂亮了！開花季節總是颳東風，每棵樹下都會積一堆雪似的花瓣。我記得爸爸總愛叨唸，那一堆堆梨花花瓣就像潔白的墳堆。其實我覺得它們

更像白饅頭。唉，現在什麼都沒了⋯⋯」

「這樣啊⋯⋯」小如意喃喃回應，不知該如何安慰失落的嗒嗒。

掌櫃一直低頭沉思，直到聽了嗒嗒的話，他忽然抬起頭來，瞳孔裏閃着奇特的光——小如意私下裏一直偷偷把那叫作「狐狸靈感乍現時的賊光」。

掌櫃邁開大步，徑直走到那唯一挺立的梨樹旁，仔細觀察它，還不時用手觸摸。

「掌櫃，您有什麼發現嗎？」小如意也湊了過去，她學着掌櫃的樣子摸摸乾枯的樹幹，只覺得指尖的觸感怪怪的。

「這梨樹上好像塗了東西啊⋯⋯」小如意覺得噁心，趕緊把手指擦乾淨。

「或許這就是它矗立不倒的原因。」掌櫃若有所思，緩緩講出了自己的猜想，「雖然不知道具體成分，但我想這應該是某種固化劑，用於加固樹幹。」

「難道這也是我爸爸做的？」嗒嗒急忙追問。

「我想是的。」掌櫃掏出一塊乾淨手帕，認真擦拭手指。

「加固樹幹是為了讓它可以頂住巨型灌木的壓迫，始終保持原有的形態，而這項加固工作必須在巨型灌木生長起來之前完成，否則就沒有意義了。整個翡翠堡還有誰知道巨型灌木何時長出？」掌櫃故意停下來，等着大家做出反應。

小如意最先反應過來：「我懂了！是安東尼博士！植物迷宮就是他造出來的，所以只有他才能做到提前加固梨樹！」

「沒錯，想辦法保留這棵梨樹的人，極有可能就是安東尼博士。那麼，他動機何在？」這次，掌櫃直接拋出了自己的推理結果。

「萬花筒中的暗號是安東尼博士為他兒子準備的，他希望嗒嗒先生日後能抵達這裏，並發現某個秘密……為了

保密，他留下的暗號必須是只有他們父子兩人熟知的。剛才嗒嗒先生的話提醒了我，它説安東尼博士常説──被風吹落的花瓣積在一起，好像潔白的墳堆。」

説着，掌櫃走到梨樹一側：「嗒嗒先生剛才説，在梨花開放的季節這裏總颳東風，那麼花瓣就會被吹到梨樹西側，也就是我此刻所站的位置。」

「所以呢？表哥您有話直説行嗎？」「乾脆麵」不耐煩地催促道。

「夫人病逝那年，安東尼博士種了這片梨樹林；他的亡妻叫『小梨』；他説花瓣像墳堆──這是個很不常見的比喻；最後，他特意保留了這棵梨樹不讓它傾倒……對以上信息，各位有何聯想？」

掌櫃的話在小如意腦海中如蝴蝶般紛飛，在紛繁錯亂的思緒中，她隱約看到了真相，但當那真相越來越清晰時，她不禁被自己的推理嚇了一跳。

「難道……不會吧……」小如意感到難以置信，於是

望向掌櫃腳下被落葉覆蓋的土地。

「你想到什麼啦？」「乾脆麵」焦急地追問道。

小如意真希望此刻自己能像「乾脆麵」一樣無知無畏。她猶豫地看看掌櫃，又看看嗒嗒，沒底氣地說：「我、我瞎猜的啊……我想，那位叫小梨的夫人，會不會……就在這下面呢？」

一時間大家都安靜了，夜風吹拂着落葉，沙沙作響。

終於，「乾脆麵」打破了沉默，他故意乾笑着拍拍掌櫃的肩膀：「哎呀媽呀！我說表哥啊，您這位助理小姐不去寫恐怖小說真是可惜了！」

掌櫃面無表情地瞥了「乾脆麵」一眼，伸手彈了彈被對方拍過的西服：「很遺憾，顛茄，你的冷笑話一點也不好笑。另外，我和我的助理小姐觀點一致。那位夫人很可能就埋在這梨樹下——西側，每年花瓣飄落堆積的地方，沒錯，就在我腳下。」

「乾脆麵」瞪大了眼睛，聽掌櫃繼續解釋。

「當年，安東尼博士將愛妻葬在此處，並在地面種上梨樹。他計算過距離，巧妙地讓梨花可以飄落到墳上，那是他對愛妻的祭奠。後來翡翠堡起了變故，安東尼博士必須把僅存的珍珠草藏在一個穩妥之處，當時整個島上，哪裏對他來説最安全？而且如果未來某天兒子嗒嗒平安歸來，哪裏是嗒嗒能夠根據過去的記憶重新找到珍珠草的？」

「妻子的墓穴！」小如意壓低了聲音，卻仍掩飾不住語調中的驚訝。

「不是開玩笑吧！珍珠草在墓裏？」「乾脆麵」驚叫道，「表哥！難道你要把墓穴挖開？我顛茄一輩子光明磊落，可不幹這掘墳刨墓的事！」

掌櫃瞟了「乾脆麵」一眼，慢條斯理地提醒他道：「我依稀記得，清光緒三十一年，你曾到洛陽邙山一帶『旅行』？回來時還帶了好些貴重的唐代陪葬品……」

「哎呀表哥，好漢不提當年勇嘛……」「乾脆麵」被

人揭了老底，不好意思地撓撓頭，「那年月兵荒馬亂的，就是妖怪也要過日子，對吧？嘿嘿嘿嘿……」

「好啊『乾脆麵』！你居然盜過墓！」小如意瞪圓了眼睛説道。

「好啦好啦！都説了那是生活所迫嘛！」「乾脆麵」趕緊轉移話題，「好吧，挖墓的事還是我來幹吧！誰讓我身強體壯呢？你們一個小屁孩手無縛雞之力，一個弄髒了定製西服就跟死了爹似的，這活兒我不幹誰幹……哎，對了！你們要掘墓，也得先問問當事人同不同意吧？」

於是，所有人的目光都集中在了嗒嗒身上。

是啊，雖然嗒嗒和小梨夫人不曾見過面，但她畢竟是安東尼博士摯愛的妻子啊……月光下，小如意覺得嗒嗒的眼神裏充滿了猶豫。

最終，嗒嗒還是下定了決心：「既然父親留給我這些信息，他一定是希望我能找到倖存的珍珠草，好好保護它們。至於我媽媽，我想，她會原諒我們的。」

「非常感謝閣下的寬容和理解。那在下就多有得罪了。」掌櫃鄭重地向嗒嗒施了個禮，然後轉身吩咐「乾脆麵」，「開始吧。請運用你最好的挖掘技巧，不要打擾到裏面長眠的夫人。」

「明白。我心裏有數。」於是「乾脆麵」從背包中掏出一把摺疊錳鋼軍工鏟，立刻投入工作。

一個多小時後，梨樹下已經被「乾脆麵」挖出了一個深坑。

小如意站在掌櫃身旁，心情越發緊張起來，根本不敢往坑下看。

砰——一個悶悶的聲響傳來。

「乾脆麵」停了下來：「表哥……」他沒繼續說下去，但小如意明白，他的鏟子已經挖到了棺木。

「咦？」不等掌櫃開口，「乾脆麵」又發現了什麼，他的語調中充滿了疑惑，「哎呀媽呀，這好像不是棺材

啊，這是個……咦，玻璃罩？」

「小心點，把旁邊的土清理乾淨。」掌櫃命令道。

「乾脆麪」不愧有盜墓經驗，三下五除二[①]就將周圍的泥土清理乾淨了。借着皎潔月光，大家看清了那個東西的全貌。

「哇哦！」只有風聲的漩渦花園裏，傳來小如意的驚歎。

---

① 三下五除二：其中一種珠算的口訣。比喻做事明快。

安東尼博士的故事

此時，一個立方體安安靜靜地躺在暗紅色木棺蓋上。

那東西通體透明，大概30厘米高。月光之下，小如意一眼便能看到裏面的東西——基座上固定着一個水晶球八音盒，透明球體裏似乎有些東西。

「看來這就是安東尼博士藏起來的東西了。顛茄，把它拿出來，小心點。」

聽了掌櫃的吩咐，「乾脆麵」小心翼翼地將這奇怪的立方體搬出了墓穴，安放在滿是落葉的地面上。

奇怪，安東尼博士為什麼要藏個八音盒呢？還費了這麼多心思，難道這八音盒跟珍珠草有關？小如意默默想着，帶着滿心的好奇，湊到立方體前，蹲下身仔細觀察它。很快，她發現八音盒中別有洞天！

　　水晶球內竟有一座微型花園！

　　「珍珠草？掌櫃！難道這裏就有倖存的珍珠草？」

　　掌櫃沒有馬上回答，他戴上白手套，雙手在立方體上摸索，很快找到了開關。他慢慢地掀開頂蓋，極其小心地取出了八音盒。

　　掌櫃掏出放大鏡，仔仔細細地觀察水晶球裏的微型花園，突然開口問道：「嗒嗒先生，珍珠草的植株特徵您是否還記得？」

　　「記得！珍珠草是輪生葉，葉片有羽狀網脈，葉呈心形，葉緣波狀……」

　　掌櫃又問了些問題，嗒嗒一一作答。

　　「乾脆麵」衝小如意使了個眼色，低聲問道：「哎呀

媽呀，他們倆這是在對暗號嗎？我怎麼完全聽不懂？」

小如意撇撇嘴：「你當然聽不懂了，這是高智商人羣之間的交流，你還是別試圖參與了。掌櫃在歐洲生活那麼多年，他可沒閒着，博覽羣書、四處遊歷、拜師學藝……植物學對他來説就是小菜一碟。」

「乾脆麵」向來為自己沒有「海歸」身分而略感自卑，如今聽小如意這麼説，他便不説話了，心裏暗想，哼，有什麼了不起，回頭我也去歐洲逛一趟鍍鍍金……

「看來客戶的委託任務，我們已經完成了三分之一。」掌櫃直起身，眉宇間帶着些許欣慰，「根據嗒嗒先生提供的信息，我想我可以確定，這水晶球裏的就是珍珠草。」

「真的！」小如意忘乎所以地打了個響指，然而她很快反應過來，這在掌櫃眼中是極其不優雅的舉動。

於是她不好意思地看了掌櫃一眼：「對不起，我太激動了。不過掌櫃，珍珠草怎麼會這麼小？我們賣給客戶的

綠珍珠挺大的,這麼小的珍珠草能結出那麼大的珍珠?」

「我想,安東尼博士當年很可能對倖存的珍珠草進行了變異改良,將它們變成微型植株藏進了八音盒,這樣更方便攜帶和隱藏。」

「乾脆麵」情不自禁地點點頭,但他很快反應過來:「那麼問題來了,雖然我們找到了珍珠草,但它這麼小,即便結出綠珍珠也達不到客戶的要求啊!」

掌櫃站起身:「所以我剛才說,我們的委託任務只完成了三分之一。接下來,我們要想辦法找到安東尼博士,只有他才能讓珍珠草復原。此外,我們想收購綠珍珠也必須徵得他的同意。」

「可是掌櫃,嗒嗒已經和安東尼博士失聯好多年了,我們根本不知道他現在在哪裏啊……」

掌櫃看了小如意一眼:「如今翡翠堡的植物迷宮已經不復存在,城市恢復正常,我們先去安東尼博士家尋找線索。」

然而小如意很不放心：「掌櫃，居民當年為了珍珠草不是揚言要燒掉嗒嗒嗎？天馬上就要亮了，我們這樣貿然進城⋯⋯」

「助理小姐，別忘了那是幾十年前的事了。」掌櫃分析道，「時間會讓這個世界發生許多改變，更何況這幾十年間，翡翠堡居民都孤獨地生活在植物迷宮中。如今迷宮消失不見，我想他們早已無暇顧及曾經的瘋狂貪念了。」

聽了掌櫃的話，大家都安了心。

不久，晨曦微顯，天光初亮，翡翠堡的居民即將迎來震撼而激動的嶄新一天。

迎着淡金色晨光，嗒嗒帶着它的同伴們大步向市裏走去。負責控制嗒嗒提線的黑鳥羣咕咕地叫着，似乎也在歡慶翡翠堡的重生。

掌櫃的推測沒錯，根本沒人在意嗒嗒這個巨型木偶！

翡翠堡的居民一覺醒來，發現巨型灌木已經枯死，該

死的植物迷宮居然全部坍塌，整座城市恢復了原樣！於是他們爭先恐後地擁出陌生的「家門」，沿着熟悉的道路，向自己真正的家狂奔！

今天是翡翠堡的狂歡日！

到處都是歡呼聲、吶喊聲、喜極而泣的痛哭聲……人們終於與分別了幾十年的家人團聚了。曾經的孩童已長大成人，曾經的中年人如今已白髮蒼蒼。人們緊緊擁抱，彷彿要把失去的幾十年時光補回來。

望着身邊一幕幕感人的重逢場景，小如意不由得鼻子發酸，發自內心地為這裏的居民感到高興。然而，當她想到自己的身世，不由得黯然神傷起來。

她不知道自己本應是誰，從哪裏來。五年前當掌櫃遇到她時，她身受重傷，記憶全失，是掌櫃把奄奄一息的她重新拉回到這個美麗多彩的世界。可是，如果有一天她能與家人團聚，那又會是怎樣一番光景……

眼淚不爭氣地越積越多，馬上就要溢出眼眶，小如意

趕緊用手背將它們抹去。忽然，她覺得有人拍了拍自己的腦袋，扭頭一看，是掌櫃。

掌櫃睿智冷靜的目光中，帶有一絲罕見的溫柔：「助理小姐，作為記憶古董店的掌櫃，此時此刻，我想許你一個嘉獎。」

「咦？」小如意茫然地望着掌櫃，完全忘了手背上還沾着眼淚。

「看看這些沉浸在幸福中的人們，他們能夠與家人重逢，能夠過上正常的生活，這其中也有你的一份功勞。」掌櫃的嘴角微微翹起，露出難得的笑容。

小如意吸了吸鼻子，喃喃地説：「可是，那都是您想出來的辦法，我又沒做什麼⋯⋯」

「不，你做了很多。」掌櫃語氣篤定，「你做助理這幾年，無論是記憶古董店的生意，還是我的個人生活，都被你打理得井井有條。正因為有了你的幫助，我才能專心高效地完成客戶的委託。客戶的滿意和讚譽離不開你的付

出。所以，為了嘉獎你這些年來的辛勤工作，這次任務結束後，我打算送你一次帶薪休假，畢竟這些年你都沒有休過年假。」

小如意心裏知道，掌櫃恐怕是看出了她剛才的失落，所以故意轉移她的注意力，想讓她忘記傷心事。雖然她前一刻還在難過，但一聽說有帶薪休假，就立刻高興起來。

「真的？掌櫃您說話可要算數哦！去哪裏好呢？對啦！我要去海邊！可我沒有好看的泳衣。回去後馬上網購兩套！掌櫃您要不要？我順便幫您買兩條泳褲吧？買多了可以包郵……哎，狐狸會游泳嗎？」

看到小如意兩眼放光，恨不得馬上飛到海邊，掌櫃一陣無奈。

不該許這個承諾給小孩子的。未來一段時間內，她肯定會頻繁地拿泳褲的事來煩我。游泳？我恨死水了……

「喂，我說你們倆！」「乾脆麵」坐在嗒嗒另一邊肩膀上，一直在偷聽他們的對話。此刻他終於不滿地嚷嚷起

來，「你們能回家後再表演『霸道總裁和可愛員工』的戲碼嗎？哎呀媽呀，肉麻死我了！真是活得久了什麼事都能碰到。」

掌櫃早已恢復了往日的冷靜，他無視小如意的滿腔熱情，冷冷地回答道：「現在是工作時間，關於帶薪休假的具體事宜，等回店後再討論。」

「好啊好啊。」小如意笑嘻嘻地答應着，心裏已經開始暢想陽光沙灘和海岸了。

還沒見過掌櫃不穿西服的樣子呢，他會不會有腹肌？身上皮膚白不白？掌櫃什麼都會，游泳應該也是能獲奧運會金牌的水準吧。我要不要給他買個稍微花哨點的泳褲呢？嘿嘿，狐狸游泳，這在《狐狸養殖與疾病防治技術》裏可沒見過，好期待呀……

沒有了植物迷宮的阻礙，嗒嗒很快便找到了自己曾經的家。

這是一棟二層小樓，外牆上還殘留着巨型灌木的斷枝殘葉，看來在過去的歲月裏，這房子不止一次被迷宮牆「侵襲」過。

「爸爸！」還沒到門前，嗒嗒便忍不住呼喚道，「爸爸！我回來啦！爸爸！」

所有人都期待着大門會在下一刻被推開，期待着安東尼博士帶着驚喜的表情出現，然而時間一秒秒過去，老舊的木門依舊緊閉。房子裏無聲無息，無人應答。

掌櫃穿過房前小院，走到大門前敲門。

可是，依然沒有任何回應。

「爸爸不在家，我找不到他了⋯⋯」嗒嗒沮喪地蹲下身，傷感地望着自己的家。磚牆斑駁，庭院荒蕪，幾十年過去，爸爸一定老了，再不是當年那位正值盛年的植物學家。或許，他已經不在人世⋯⋯

這時，一陣咕嚕咕嚕的奇怪聲響傳來，小如意循聲望去，只見街道不遠處一個坐着輪椅的老人正朝他們趕來。

「嗒嗒……我的兒子！你真的平安回來了……」那是位白髮蒼蒼的老人，他渾濁的眼睛正緊盯着嗒嗒。

「爸爸？」嗒嗒轉過頭，望着對方，感到難以置信，「爸爸！爸爸！」

這位滿臉皺紋的老人，正是當年創造了嗒嗒的安東尼博士。

闊別幾十年的父子終於重逢了！

嗒嗒將輪椅托在自己掌心，然後伸出一根手指讓安東尼博士緊緊抱着。

安東尼博士慢慢摩挲着嗒嗒的手指，老淚縱橫：「我的寶貝兒子……剛才我遠遠看見那羣黑鳥抓着提線，心想一定是我的嗒嗒回來了！所以我馬不停蹄地趕回來……」

嗒嗒向爸爸介紹了它的三位新朋友，而安東尼博士也講述了他這幾十年間的經歷。

當年為了保護僅存的珍珠草，安東尼博士對它們進行了基因重組和改良，使它們變成可以生存在特製八音盒裏

的微型植株。將八音盒藏進妻子的墓穴之後，他留下了只有他和嗒嗒才能明白的線索。

　　為了阻礙瘋狂的居民追捕正在逃亡的嗒嗒，安東尼博士在漩渦花園的舊鋼琴裏種下自己培育的變異藤蔓。當他用鋼琴演奏催化曲後，藤蔓便開始飛速生長，很快就形成了覆蓋全市的巨大迷宮，令所有人迷失其中，再無法抓住嗒嗒。

　　翡翠堡的居民曾經因貪欲而導致珍珠草瀕臨滅絕，導致博士和嗒嗒被迫分離，所以博士用這種方式給了他們一個深刻的教訓。當大家在植物迷宮中孤獨地生活時，他們終於意識到曾被忽略的親情、友情和愛情是多麼寶貴，那是比金錢更值得珍惜的東西。

　　植物迷宮形成後，安東尼博士自己也陷入了困境，他再也找不到回家的路了。於是，他只好像其他人一樣過着沒有親人和朋友的寂寞生活。好在每當想到已經遠走高飛的嗒嗒，他便感到欣慰……

然而安東尼博士沒有料到，嗒嗒在前往海岸的路上遇到意外，被迫在不見天日的洞穴中休眠了幾十年。

　　「不知閣下是否還有辦法讓珍珠草恢復常態？」掌櫃向安東尼博士解釋了他們的來意，表示他們需要收購一枚綠珍珠來完成客戶委託。

　　「唉，這個恐怕有些難度。」安東尼博士為難地搖搖頭，「是你們救了我兒子，也是你們促成了我們父子團聚，所以我願意做任何事來報答你們。只是……」

　　說着，博士抬起顫抖的手，小心翼翼地捧起那珍貴的八音盒：「按照我當年的設計——用鑰匙啟動八音盒之後，當樂曲響起，水晶球罩會在轉動到第三圈時自動脫落。珍珠草只要回到正常生態系統中，便能逐漸恢復成正常植株。可是，啟動八音盒的鑰匙已經丟失。」

　　「乾脆麵」沉不住氣地反問道：「哪有那麼麻煩？直接把八音盒砸了多省事？」

「不行，當年我為了防止壞人找到八音盒，偷走珍珠草，用了特殊材料來製作它，使用蠻力是無法將其破壞的。」

安東尼博士的話讓小如意在心中暗暗叫苦，她咬緊嘴唇望向掌櫃。

難道跟客戶的合同只能違約了？掌櫃一定會不開心，誠信經營對他來說是最重要的事……

然而安東尼博士話鋒一轉，給小如意帶來了一絲希望：「看來我們不得不啟用備用鑰匙了。為了防備這種特殊情況，我曾留了一把備用鑰匙，有個老朋友能幫我們拿到它。」

水晶球花園遇險

安東尼博士的那位老朋友是個麵包店老闆，當這位胖老闆看到掌櫃一行後，頓時變了臉色！

「顛茄！安東尼！」

「哎呀媽呀！『牛角包』！」

「乾脆麵」和對方幾乎異口同聲地驚呼道。

原來，胖老闆正是「乾脆麵」失聯多年的好友「牛角包」！

很久以前，還是普通人的「牛角包」無意間吃了某種

神奇的長生草，從此他的衰老速度變得極其緩慢，並因此開始對草藥感興趣。

「牛角包」成為出色的麵包師後，開始嘗試在麵包中加入特定的草藥成分，以幫助人們消除各種心靈負能量——「愉快甜甜圈」可以抵抗憂傷，「謙虛提拉米蘇」能夠消除高傲，「熱情馬卡龍」則對冷漠最有效……而銷量最大的「自信牛角包」，則給他帶來了「牛角包」這一綽號。

當翡翠堡還是座正常海島時，安東尼博士經常光顧「牛角包」的小店，兩人也因此成了朋友。

之後，翡翠城變成了植物迷宮，「牛角包」不敢離開自己的麵包店，便在自家後院種麥子、磨麵粉、做麵包……盡量自給自足，免得因為外出採購而迷失在迷宮裏。當年，他嘗試給「乾脆麵」寄信，但信鴿再沒回來，因此，他和這位狼妖朋友也就失去了聯繫。

分別多年的老友再度相遇，大家都非常高興，「牛角

包」聽安東尼博士講了事情的經過，不由得笑道：「我就知道，我的年輪蛋糕總會派上用場的！」

「請讓我獨處」年輪蛋糕是「牛角包」店裏的冷門產品，吃了它，人的身體便會縮小，你可以輕易地躲到不被別人察覺的小角落裏，安心獨處。「牛角包」對這件產品很得意，可在曾經的翡翠堡迷宮裏，人們本就孤寂地活着，誰還需要這「請讓我獨處」年輪蛋糕呢？

然而現在不同了，這看似不起眼的年輪蛋糕可以幫安東尼博士拿到關鍵的備用鑰匙！

原來安東尼博士當年在製作八音盒時，將備用鑰匙留在了水晶球內。只有吃了「牛角包」的年輪蛋糕，縮小身體，才能從鑰匙孔進入八音盒，拿出備用鑰匙。

「好啦，那麼問題來了，誰來吃那塊年輪蛋糕？」「乾脆麵」直截了當地拋出問題，「我這麼人高馬大的，恐怕不太好縮。」

掌櫃原本也沒打算把這項重要任務分配給做事馬虎的

「乾脆麵」，他對小如意吩咐道：「我去拿鑰匙。你在外面看好顛茄，別讓他給我幫倒忙。」

「掌櫃，我跟您一起去吧。」小如意不放心地請求道。

在掌櫃回答之前，「牛角包」不自然地乾咳了幾聲，他輕輕嗓子插嘴道：「恕我直言啊，那個……這事恐怕只能讓您的小助理代勞了。」

「為何？」掌櫃的細長眼睛裏閃過一絲警覺。

「這個嘛……」「牛角包」的目光在掌櫃身上掃來掃去，但就是不好意思看他的眼睛，「我這些麵包裏的草藥成分吧……目前來說呢……嘿嘿嘿，只對人類有效。」

於是所有人都立刻明白了，對人類有效，也就意味着對「其他動物」無效，而無論狐狸還是狼，都是「其他動物」。

小如意拚命咬緊嘴唇，否則她一定會控制不住笑出聲！

千萬不能笑！如果讓掌櫃察覺，以他的冷酷個性一定會扣除我全部的年終獎！可是，哈哈哈真的太可笑啦！看掌櫃那扭曲的表情！哈哈哈哈……他幹嗎那麼介意自己不是「人」呢？……

　　好在掌櫃的涵養和紳士風度已經修煉了上千年，他迅速恢復常態，擺出老闆架勢吩咐小如意：「那麼助理小姐，現在我將取出備用鑰匙的任務交付予你。請你務必圓滿完成任務，平安歸來。」

　　「是。」小如意不敢跟掌櫃對視，生怕他捕捉到她眼中那來不及退去的笑意。

　　「請讓我獨處」年輪蛋糕的味道和它的外形一樣讓人愉悅，小如意吃了一整塊蛋糕後，甚至還有些意猶未盡。不過她沒有太多時間回味蛋糕的滋味，因為很快，周圍的一切便開始迅速「變大」，這種視覺落差讓她一時感覺暈乎乎的。

當然，不是其他東西變大了，而是她在縮小！

不到一分鐘，小如意便成了微型人。她站在掌櫃手心裏，發現掌櫃的手簡直大得像一片籃球場！

掌櫃把小如意送到桌上，在她面前的八音盒，如同一座高聳的大樓。

「請再重複一下你的任務。」

「是。」小如意知道此次任務意義重大，於是她站直身子，大聲答道，「我會順利取出備用鑰匙，請掌櫃放心。」

「你忘了最重要的一項。」掌櫃的語氣難得夾雜着一絲溫柔，「助理小姐，我要你平安地出來。近期我沒有重新招聘助理的打算。」

掌櫃的話讓小如意倍受感動，差點濕了眼眶：「明白！我也不會把首席助理的位置讓給別人。掌櫃，一會兒見！」

説罷，她轉身走向八音盒，爬進了幽深的鑰匙孔。

對變小的小如意來説，鑰匙孔就像一條漆黑的隧道。「隧道」的高度比她的個頭略高一些，因此她不必彎腰就能在裏面行走。

不久，小如意終於到了凹凸不平的「隧道」的盡頭，她按照安東尼博士剛才的指點，向左手邊摸索過去。果然，那裏有個明顯的方形凸起物！她將雙手按上去，用力往下壓，一道暗門無聲無息地開啟了！

暗門後是條狹窄樓梯，爬上樓梯，推開頭頂的木翻板，小如意小心翼翼地探出腦袋，驚訝地望着眼前的一切。

這裏就是水晶球內部了！

空氣有些潮濕，還帶着奇妙的甜味。在長着柔軟苔蘚的地面上，珍珠草鬱鬱葱葱蔓延開來。倖存的那株珍珠草，在漫長而平靜的歲月中默默繁殖，形成如今這片長勢喜人的綠地。

小如意注意到，藤蔓枝葉間點綴着許多含苞待放的

花蕾。個別花朵已經綻開了花瓣，裏面透出迷人的幽綠光澤——那就是他們苦苦尋找的綠珍珠！

「我說小如意啊，現在不是欣賞風景的時候吧？你以為你參加水晶球一日遊啊？」「乾脆麵」的聲音在水晶球外響起，「趕緊找鑰匙啊！」因為水晶球體的折射，他的臉在小如意看起來十分怪異。

小如意懶得搭理「乾脆麵」，定神回憶起來，安東尼博士說過，備用鑰匙就藏在木翻板旁邊，木板上有記號的。有了！

果然，方形木板上有條黑色對角線，不注意的人一定以為那只是個無聊的裝飾，但只有像小如意這樣近距離觀察，才能發現線的一端有一個極小的箭頭。

按照安東尼博士之前的提示，小如意順着箭頭方向朝前走了12步，然後便在苔蘚地上挖起來。

小如意沒有迷你鏟，只能徒手挖掘，好在泥土鬆軟，她並不覺得手疼。不一會兒，她的指尖就觸到了一個硬

物。

「找到啦！」小如意感歎道。

小如意沒想到事情竟然進行得這麼順利，不由得加快了速度。但是，過了好一會兒，她才挖出那把備用鑰匙——因為它的個頭比她還要高！

這是什麼材料做的鑰匙啊！重死了……抱着大鑰匙，小如意心裏暗暗抱怨。不過令她欣慰的是，透過水晶球，她看到掌櫃露出了難得的笑容——雖然那笑容被折射得嚴重變形。

小如意艱難地抱起備用鑰匙，準備返程。可不知怎的，她感覺自己的腳邁不開了。

「糟糕，蹲太久腿都麻了。」然而，當她低頭望向雙腳時，她簡直不敢相信自己的眼睛！

不知從什麼時候開始，她的左腳居然變成了綠色的植物莖稈！

不等小如意懷疑自己出現了幻覺，她便看到了更可怕

的一幕——那綠色正在向左小腿蔓延！

「我、我……我正在變成植物！」

水晶球內珍珠草生長茂密，掌櫃他們還沒察覺到小如意腿腳的異樣。小如意努力平復心緒，一手抱着備用鑰匙，一手指着自己的腿，拚命大喊：「掌櫃！我動不了啦！怎麼辦？」

當大家察覺到小如意的異樣時，她的左腿已經完全變成了扎根於泥土的植物！

「掌櫃！我出不去了！」小如意急得快哭了。

「這是怎麼回事？」小如意聽見掌櫃嚴厲地質問年邁的安東尼博士，絲毫顧不得保持多年的儒雅風度。

然而安東尼博士也是一頭霧水，根本不清楚這意外情況的緣由。

「冷靜下來！先把左腿從土裏拉出來，不管多疼，不管多費力，馬上把左腿拔出來！」

聽了掌櫃的命令，小如意立刻行動，她拚盡全力抬起

已經植物化的「左腿」，與拚命朝土裏扎的根鬚做鬥爭。好在那些根鬚還不太長，雖然很疼，但小如意能感覺到「左腿」鬆動了！

可小如意還來不及高興，便驚恐地發現右腿也在朝植物模樣變化！如果兩條腿都變成植物扎根地下，那她就徹底被困住了！

於是小如意咬緊牙關猛一用力，「左腿」終於被連根拔起！一些細小的根鬚不可避免地被拽斷了，她只覺得一陣劇痛，差點咬破自己的嘴唇。不過這些代價是值得的，因為她終於獲得了短暫的自由！

通往出口的木翻板就在12步之外，而之前的短短距離在此刻受困的小如意看來竟是如此遙遠。小如意的右腳和右小腿也已經植物化，她無法行走，只好匍匐在地面向前爬去。

要在平時，就算雙腿沒法用力，小如意也完全可以憑藉雙臂力量爬過去。但眼下，她必須騰出一隻手來抱住備

用鑰匙。原本就分量不輕的備用鑰匙現在顯得更加笨重，小如意帶着它前行很艱難。

掌櫃注意到了這一點，他沒有絲毫猶豫，嚴肅命令道：「助理小姐，丟掉備用鑰匙！」

「什麼？」小如意以為自己聽錯了。

「哎呀媽呀！趕緊丟掉鑰匙啊！帶着它你走不了的！」「乾脆麵」在一旁急得臉都綠了。

小如意明白掌櫃的意思，也知道留給自己的撤離時間真的所剩無幾，但她還是猶豫了。巨大的備用鑰匙就在臂彎裏，她遲遲不願將它丟掉。

丟了鑰匙，我們就得不到珍珠草了。客戶的委託……古董店的聲譽……掌櫃他……

「不行！不能丟掉！」小如意堅定地抱緊鑰匙，一寸寸向前挪動。

「助理小姐，我命令你馬上丟掉鑰匙！」掌櫃的聲音異常嚴厲，「現在！馬上！丟掉鑰匙！」

小如意的手臂在顫抖，不知是因為負重太久，還是因為極度緊張。手肘已經磨破了，但她感覺不到疼。

很奇怪，在這生死攸關的緊急時刻，她腦海中居然浮現出了不相干的畫面——當年受重傷的她從昏迷中蘇醒，睜開眼睛看到的那個人。

那個人治好了她的傷，讓無家可歸、記憶全失的她在這陌生世界有了落腳之處，不，那可絕不只是落腳處，還是一個家。

那個人教她禮儀，教她知識，教她打理古董店的生意，讓她看到這世界原來如此精彩美妙。

那個人是她在這世間唯一的親人、朋友、長輩、老師⋯⋯

那個人，此刻正站在水晶球外，命令她丟掉珍貴的備用鑰匙，而這把鑰匙，關乎他平生最在乎的信用和聲譽。

小如意扭頭看了看自己的身體——腰腹部也開始植物化了。

「掌櫃……」當小如意抬起頭望向水晶球外時，她的眼中裹了層淚光，但目光卻異常堅定，「掌櫃，您交給我的任務，我一定會完成！」

外面所有人都目瞪口呆！

「掌櫃，我不能丟掉鑰匙，不能因為我而讓您違約。我已經有辦法了，我盡量往出口爬，如果手臂也變成植物，我就用手臂藤蔓纏住鑰匙，把它從出口推出去。」

說這番話的時候，小如意很驚訝自己居然能如此淡定。這似乎是她第一次違抗掌櫃的命令。

透過水晶球，小如意看到掌櫃的臉色陰沉得可怕。

「助理小姐，既然你違抗我的命令，那麼作為記憶古董店的掌櫃，我決定辭退你。從現在起，你不再是我的首席助理了。」

「植物人」助理小姐

「哎呀媽呀！都什麼時候了你還說那些沒用的！」「乾脆麵」聽了掌櫃的話，氣急敗壞地叫道，「趕緊想辦法救人啊！擺什麼老闆架子！」

然而，小如意心裏清楚，掌櫃故意講這番話正是為了救她。

掌櫃辭退她，她就不再是記憶古董店的員工了，自然也就沒有責任和義務去完成拿鑰匙的任務——掌櫃以為這樣做就能使她放棄鑰匙，自己逃生。

狐狸確實狡猾，不過掌櫃啊，我可是更高級的人類呢……

小如意低頭看看自己，轉眼間，她腹部之下已經全部變成了植物，而綠色正向她胸口和手臂蔓延開來。

「對不起，掌櫃……」小如意努力朝掌櫃笑笑，「我不再是您的助理了，可我還是小如意。對助理小姐來說，您是掌櫃；可對小如意來說，您是最重要的家人……」

小如意低下頭去，不再看掌櫃。她不想讓他看到自己的眼淚。有些事情，助理無法為老闆完成，但是作為小如意的她，卻甘願為自己「最重要的家人」付出一切。

不再理會外面的情況，小如意知道眼下自己必須集中精力，確保鑰匙被順利地遞出去。距離木翻板出口還有不到五步的距離，她做了個深呼吸，繼續向前爬去。

肘關節和手掌都磨破了，變成植物的雙腿也在地面上磨得生疼。小如意又疼又急，她淚流滿面，卻顧不得抹去淚水。此刻，她腦海中只有一個信念——一定得把鑰匙送

出去！必須把鑰匙送出去！

　　彷彿過了一個世紀那麼久，小如意終於爬到了木翻板旁！忍受着身體的劇痛，她飛快地回憶起安東尼博士之前的叮囑——木翻板下面的樓梯一側，有個專門為備用鑰匙造的小門。只要把鑰匙推進小門，它就能從八音盒底部掉出來。

　　馬上就要成功了，再給我點時間……

　　小如意望向出口下方的樓梯。果然，一側牆壁上有個不起眼的灰色小門，正是鑰匙大小。她想要再爬近一點，卻真的已經筋疲力盡。而此時，她胸口以下的身體都已變成了植物，手臂上的最後一抹人類痕跡也終於消失，徹底變成了嫩綠藤蔓——那藤蔓，還緊緊纏繞着備用鑰匙。

　　天哪，我現在看上去一定像個長着人頭的植物妖怪。嗚嗚嗚，竟然被掌櫃看到我這副鬼樣子，太丟臉了……哎呀，我在幹什麼？別跑神！抓緊時間啊！

　　藤蔓雖有韌性，卻軟軟的，小如意很不適應這副「沒

有骨骼」的軀體。她必須使出所有力氣，才能用「藤蔓手臂」卷起沉甸甸的備用鑰匙，將它遞向灰色小門。

水晶球外傳來「乾脆麵」的哭喊聲。

這傢伙也太不爭氣了，一把年紀的老妖怪還哭鼻子。不過掌櫃現在又在幹什麼？怎麼聽不到他說話？哦，反正我已經被他開除了，他也懶得搭理我這不聽話的「前員工」了吧……

鑰匙被小如意的「藤蔓手臂」裹挾着，終於被遞到了灰色小門前。小如意暗自祈禱，希望門不要關得太緊，她真的沒力氣了。

還好，裹挾着鑰匙的「藤蔓手臂」很輕鬆地撞開了小門，小如意頓時如釋重負，只覺得全身力量似乎都在那一秒蒸發得乾乾淨淨。「藤蔓手臂」再也承受不住鑰匙的重量，變得軟塌塌。於是，鑰匙順勢滑進門裏黑黝黝的坡道，瞬間不見了蹤影。

就在鑰匙從視野中消失的那一刻，小如意也因為疲勞

至極暈了過去。她腦海中的最後一絲意識是，掌櫃，任務完成了。

咔嗒！死一般寂靜的房間裏，傳來一聲清脆的響動。

掌櫃、「乾脆麵」、安東尼博士和「牛角包」誰也沒有說話，四個人的目光都鎖定在水晶球八音盒上。

安東尼博士顫巍巍地捧起八音盒，他滿是皺紋的手在底座下摸索片刻後，很快摳開了一個小擋板，於是，一把黑鑰匙咣噹一聲掉落在桌上。

「備用……備用鑰匙……」「乾脆麵」因為剛才急哭了，所以現在聲音嘶啞，還時不時抽兩下鼻子，「小如意用命換來的……備用鑰匙……」

「注意你的措辭。她還活着！」掌櫃厲聲打斷了「乾脆麵」的話。

「乾脆麵」知道，表哥正為失去優秀的助理小姐而惱火，所以他知趣地閉了嘴，淚眼婆娑地望向水晶球。「乾

脆麵」還清晰地記得上一次表哥露出這種恐怖臉色的情景，但幾百年前的悲傷故事，他不願過多回憶。

除非親眼看到，否則掌櫃不能接受他的「助理小姐」已經變成了植物。每次一接到新訂單，便嚷嚷着要去吃「298元海鮮自助餐」的助理小姐；每次趁他不注意，就偷偷抱着《狐狸養殖與疾病防治技術》看得津津有味的助理小姐；每次拿到薪水獎金，就樂此不疲地登陸海外代購網站，給他買高檔寵物用品的助理小姐；每天「掌櫃」、「掌櫃」，在他耳邊叫着的助理小姐……

雖説身為活了上千年的狐妖，掌櫃早已對各種「異類」、「異事」見怪不怪，但「助理變植物」這種事，他還是有些難以接受。哦，她已不再是他的首席助理，就在剛才，他將她辭退了。

眼下，被辭退了的「前任助理小姐」就靜靜地倒在晶瑩剔透的水晶球裏。

被拔出的根鬚又慢慢扎根於泥土之中，過不了多久，

她就能挺直莖葉，和周圍的植物同類一樣，站在那夢幻般的封閉小球內，無聲無息地生長。變成植物的她還能「看到」外面的世界嗎？還能「聽到」她「前任老闆」的聲音嗎？她會疼嗎？能感受到快樂嗎？會思考嗎……

「助理小姐的事，我很遺憾……」安東尼博士的聲音打斷了掌櫃飄遊的思緒。

掌櫃立刻轉過頭去，細長眼睛裏射出陰鷙的寒光：「安東尼博士，您能否解釋一下剛才發生的狀況？在我的助理小姐進去前，您可沒有給出她會變成植物的忠告。」掌櫃的聲音客氣得很，卻也陰沉得令人膽寒。

安東尼博士的心痛與迷惑應該不是假裝的，否則他的演技也太好了。掌櫃暗自思忖着。

「事情確實出乎我的預料，當年我在設計這八音盒時，並沒加入什麼古怪的機關，而且珍珠草本身也是絕對安全的植物。」

「不管怎樣，現在的結果是我失去了一位優秀員

工。」掌櫃語調陰冷，「安東尼博士，請您務必儘快想出解決方案，那個小女孩對我來說非常重要，我必須將她完好無損地帶回去。」

掌櫃沒有接着說下去，但「乾脆麵」心裏清楚，表哥出於禮貌而沒講完的話──否則，我會用狐火將整個翡翠堡燒成地獄裏的灰！

房間裏的氣氛有些尷尬，沉默許久不敢說話的「牛角包」清清嗓子，終於開口了：「那個……備用鑰匙拿到了，要不我們先打開八音盒？安東尼不是說過，珍珠草脫離了水晶球的封閉環境後，就能恢復成正常植株嗎？或許把它們拿出來一切就能復原了。」

「牛角包」的最後一句話給大家帶來了希望。

一切就能復原……如果變小的珍珠草能恢復原來的大小，那麼變成植物的小如意或許真有可能恢復人形！

在所有人殷切目光的注視下，安東尼博士將備用鑰匙插進了八音盒底座上的鑰匙孔裏。鑰匙轉動數圈後，動人

的樂曲響起，水晶球開始慢慢轉動。

掌櫃記得這首曲子，這正是小如意當時在漩渦花園那架鋼琴上彈奏的曲子，只不過改了調式。

一圈，兩圈，三圈。

樂曲聲減弱減慢，水晶球也停了下來，只見安東尼博士握緊水晶球，輕輕地一擰，它便像燈泡似的從底座上脫離開來。

在歷經了數十年歲月後，這座微型花園終於再次呼吸到外界的新鮮空氣。

「哎呀，它們好像沒什麼變化啊！」「乾脆麵」不安地偷看了掌櫃一眼，心想如果表哥一怒之下準備施展地獄狐火，他必須趕緊上前阻攔！

安東尼博士解釋道：「復原過程沒那麼快。我們需要把珍珠草移植到土地上，過段時間，它們就能長成原來的大小。」

光珍珠草復原有什麼用啊！關鍵是小如意！小如意

啊！她要是變不回人樣，翡翠堡就等着變焦土吧……「乾脆麵」惴惴不安地想着，望向表哥。

掌櫃正凝望着小如意變成的那株小小的珍珠草。他的神情相當專注，似乎周圍的一切都不存在了。

伸出細長手指，掌櫃極其小心、極其溫柔地碰了碰「小如意珍珠草」的細嫩葉片。不知是恰好有風吹過，還是掌櫃的呼吸氣流掠過，那小小的枝條輕輕晃動了幾下，竟像有所回應似的。

於是，掌櫃嘴角露出了一絲罕見的溫暖笑意。

麵包店後院是「牛角包」開墾出來的一片田地，在翡翠堡變成植物迷宮的那段時間裏，他就在這裏種植糧食和蔬菜，而如今，這裏成了移植迷你珍珠草的最佳地點。

「牛角包」在田中清理出一小片區域，在安東尼博士的指導下將珍珠草移植了過去。

接下來的時間裏，掌櫃和「乾脆麵」就住在「牛角包」家，每天觀察珍珠草的長勢。正如安東尼博士所說的

那樣，珍珠草在一天天長大，相信不久後，它們就能恢復到最初的狀態。

然而「乾脆麵」最擔心的情況還是出現了，「小如意珍珠草」雖然也在長大，但它絲毫沒有恢復人形的跡象！

眼看掌櫃的臉色一天比一天陰沉，「乾脆麵」甚至已經開始考慮：哎呀媽呀，要不要讓「牛角包」他們偷偷離開翡翠堡啊？否則，萬一哪天表哥獸性大發，那可就糟了。唉，希望表哥能守住那個「盡力當普通人，不用妖怪法力」的承諾……

告別記憶古董店

就在「乾脆麵」終日為翡翠堡的安危擔心的時候，安東尼博士帶來了好消息。通過研究現在的珍珠草樣本，他終於找到了小如意變成植物的原因。

原來，當年珍珠草被人類大肆採摘砍伐，已經到了瀕臨滅絕的境地。於是，因安東尼博士挽救而倖存下來的珍珠草開始發揮「主動性」。

為了保障自身安全，它們在水晶球裏分泌出一種同化氣體，以此建造出奇特的自我保護生態體系——只要有其

他物種進入水晶球內部，一旦接觸到這種特殊氣體，外來生物就會被珍珠草同化，變成對它們沒有威脅的同類。聰明的珍珠草試圖用這種方式來保護自己，讓自己不再遭受其他物種的侵害。

「我們為何沒有變成植物？」掌櫃追問道，「如果珍珠草能夠分泌同化氣體，我們這些天也一定吸入了不少。」

「是濃度的緣故。在水晶球的封閉環境中，同化氣體濃度極大，可以有效發揮作用，但在室外，那些氣體逸散到空氣中就變得稀薄了，不足以對人產生影響。」

聽了安東尼博士的話，「乾脆麵」懸着的心稍稍安穩了些。太好了，至少表哥不會遷怒於安東尼博士，看來這老頭兒的老命算是保住嘍！

果然，掌櫃的情緒似乎好了些，他詢問安東尼博士，既然知道了小如意植物化的原因，是否能找到辦法將她重新變回人類。

「辦法是有，但光靠我一人無法完成。我們需要翡翠堡所有居民的幫助。」安東尼博士開始解釋，「當年珍珠草之所以分泌同化氣體，是因為它們感應到了來自人類的可怕威脅。反過來想，如果能讓珍珠草感受到人類的友好與和善，那它們的自我保護機制就會自動解除，一旦同化氣體不再產生，小如意就能慢慢復原。」

「乾脆麵」還沒反應過來，掌櫃就已經明白要做什麼了，他對安東尼博士說：「如果在下沒有理解錯，閣下的意思是讓翡翠堡居民醒悟到自己當年的過錯，認真悔過，用實際行動來表達他們對珍珠草的尊重與愛護。」

「是的。這是唯一可行的辦法。」安東尼博士認真地點點頭。這段時間沒日沒夜的研究，讓這位本就白髮蒼蒼的老植物學家看上去更加憔悴了。

「那就這麼做吧。」掌櫃鄭重地對安東尼博士點點頭。

安東尼博士和掌櫃一行來到翡翠堡市政廳，在市長的

協助和安排下，安東尼博士坐在木偶嗒嗒的掌心，在市政廣場給所有居民做了一場演講。

在演講中，安東尼博士講述了翡翠堡命運跌宕的原因。講述了為什麼珍珠草會瀕臨滅絕，為什麼他要用植物迷宮困住整座城市……他還提到了幾位勇敢的外鄉人，正是他們解除了植物迷宮的魔咒，並取回了倖存的珍珠草。

翡翠堡居民終於恍然大悟，原來一切變故的根源，竟是他們曾經的自私與貪婪！

如果當年他們不被貪欲控制，企圖佔有所有綠珍珠，那麼之後的一切不幸都不會發生——安東尼博士不會為了挽救兒子，而被迫用迷宮困住瘋狂人羣；大家也不會因為植物迷宮的存在，度過幾十年沒有親人、朋友和愛人的孤獨歲月。如果翡翠堡始終祥和安寧，那個名叫「小如意」的可愛小姑娘，就不會變成不能言語和行動的植物。

於是，幡然醒悟的翡翠堡居民在市長的帶領下，建起了一座「珍珠館」，這是為遭受了太多磨難的珍珠草專門

修建的生長空間。安東尼博士成了那裏的第一任館長，他組建了一支科學團隊，精心培育僅存的珍珠草，同時也密切觀察「小如意珍珠草」的所有變化。

掌櫃一行已經在翡翠堡生活近兩個月了，「乾脆麵」覺得這座小海島真是不錯，將來可以考慮來這裏養老。他不再擔心表哥會一把地獄狐火燒了翡翠堡，因為就在昨天，「小如意珍珠草」的一條枝蔓末端長出了類似手指的東西，小如意體內的珍珠草同化氣體開始衰減，小如意正慢慢變回人形！

「你們想笑就笑吧，我知道我這樣子很奇怪。不過『乾脆麵』你給我小心點！你要敢用手機把我現在的樣子拍下來發朋友圈，等我復原後有你好看的！」

兩個星期後，小如意的腦袋和脖子已經恢復了正常。面對前來「珍珠館」看望她的掌櫃和「乾脆麵」，她已經可以與他們自由交流了。只是目前她還無法伸手搶走「乾

脆麵」的手機，因為她的兩隻手臂還是綠油油的藤條呢！

「那我可就笑了啊，反正是你說『想笑就笑』的……哈哈哈哈哈！」「乾脆麵」早已憋不住了，他狂笑起來，蹲在地上差點起不來，「哈哈哈哈！哎呀媽呀！這畫面絕對夠我樂兩百年的！哈哈哈哈……小如意你這是什麼鬼樣子？哈哈哈……」

與樂不可支的「乾脆麵」相比，掌櫃顯得過於淡定。他好像根本看不到小如意那副「人類腦袋，植物身體」的滑稽模樣，只是淡淡地問道：「今天感覺怎麼樣？有沒有哪裏不舒服？」

「我哪裏都不舒服……」小如意哭笑不得，「您來當一天植物試試？掌櫃，等我回去後，我要先給『植物人康復基金會』捐一筆錢！他們可太不容易啦！」

「等你回去後，你難道不應該先反思下當初為什麼違抗老闆的命令嗎？」掌櫃不緊不慢地反問。

「呃……」小如意一時語塞，隨即，她低眉順眼地嘀

咕道，「反思什麼啊？您都已經把我開除了。」

「就是就是！表哥你都已經把人家開除了嘛，就別再發號施令了！」「乾脆麵」故意壞笑着假裝關心，「小如意啊，你家掌櫃不要你了，要不回去後你就跟我混吧？怎麼樣？來我們cosplay協會當助理，我給你薪水！每年兩次帶薪休假！嘿嘿，只要你抽空幫我們cos下動漫美少女……」

「顛茄，你今天的話是不是多了點？」掌櫃陰冷的聲音傳來。

「乾脆麵」扭頭一看，差點嚇尿褲子！只見掌櫃目光陰鷙，一團幽綠的狐火已經悄然在他掌心綻開來。

「哎呀媽呀！我剛才說了什麼來着？年紀太大，記憶力衰退，還尿頻……表哥，我去趟茅廁啊！」說着，「乾脆麵」已經以最快速度逃出門去，他可不想領教表哥那地獄狐火的恐怖滋味！

門關上了，一時間，小如意和掌櫃誰都沒有說話，空

氣彷彿凝固了。

終於，小如意打破了沉默，她扭捏地小聲問道：「掌櫃……您、您那時候說的話是當真的嗎？就是，就是說解僱我的事……」

掌櫃的臉上沒有任何表情：「當然。我從來都是說話算數的。」

「啊？」小如意的失望寫在臉上，明顯得讓掌櫃竟有那麼一秒鐘心軟了。但他依舊不動聲色。

「您真不要我啦？太不公平了吧？我平時的表現都很好呀，不就那麼一次沒聽您的話……」

「當初我招聘你的時候，條件說得很清楚吧？我需要的是一個能無條件絕對服從我命令的助理。」

「可是……」

「我有個問題一直想問你。」掌櫃打斷小如意的申辯。

「那時候我已經解僱你了，你不再是我的首席助理，

我也不再是你的老闆，可你為什麼還要抱着鑰匙不放，不肯自己逃走？那時離開明明還來得及。」

小如意愣了一下，隨即無可奈何地歎了口氣，極小聲地說了聲：「笨蛋。」

「什麼！」掌櫃頓時提高了音量，頭頂的銀白色耳朵也立得筆直。

「我說您是笨蛋。」小如意沒好氣地回答。

活了上千年，第一次有人敢當面說自己是笨蛋，掌櫃難以置信地盯着面前這半人半植物的滑稽小傢伙。

「掌櫃，我一定要把鑰匙送出來，不是因為我是您的首席助理，而是因為……我是小如意。」小如意很認真地望着掌櫃。

「當年您救了我，給我取了這個名字，事事如意，萬事遂心。即便我不是您的員工了，我也還是您的小如意啊。我希望您能一切如意——順利得到鑰匙，圓滿完成客戶的委託，不違約，不失信，保住記憶古董店的聲譽和

口碑。我知道，只有這樣您才會開心，而我就是想要您開心，沒別的。這跟我是不是您的助理已經關係不大了。因為，即便您不再是我的掌櫃，對我來説，您也還是……」

　　説到這兒，小如意停了下來。她看到掌櫃瞪大了細長眼睛，彷彿無法相信、無法理解剛才她所説的話。但猶豫再三，她還是鼓起勇氣説出了後面的話：「您也還是我的……家人。」

　　小如意垂下頭，不敢再看掌櫃。她不確定，狐狸會不會把一個普通人類當作「家人」，如果對方覺得這根本是個笑話，那可就太難堪了。

　　「珍珠館」裏一片寂靜，連風聲都沒有。陽光穿過透明頂棚灑下來，小如意覺得全身發燙，羞愧得甚至開始後悔自己剛才説了那樣的話。

　　許久，掌櫃的聲音終於響起。從他講話的語氣中，小如意聽不出任何感情色彩。

　　「如果我是個普通人類，或許會被你剛才的話感動，

可惜我不是。活了太久，我本就匱乏的感情早已變得更加淡漠了。」

小如意垂頭喪氣的模樣很惹人憐愛，但掌櫃望着她，眉毛都沒動一下。

「我說過的話，做過的決定，不會改變。我已經辭退你了，現在我不是你的掌櫃，你也不再是我的助理。就是這樣。記憶古董店不會收留不相關的人，所以回去之後，請你儘快收拾好自己的個人用品，搬出記憶古董店。」

一次特殊的招聘

説完這番話後，掌櫃便轉身離開了。

小如意一直低着頭，任憑眼淚一滴滴墜落到泥土中。
她咬緊嘴唇，始終沒有抬頭看掌櫃一眼。

此刻，她真的好怕看到掌櫃的背影。

一個星期後，小如意完全復原了。

告別了翡翠堡的朋友們，掌櫃他們帶着收購的綠珍
珠，再次踏上了「月光走廊」。

和來時不同，大家在返程時十分安靜，甚至有些尷尬——掌櫃向來寡言少語；小如意則為自己被辭退的事悶悶不樂；塞巴斯蒂安彷彿知道小如意即將離開記憶古董店，一直不聲不響地站在她肩頭；連一向話多的「乾脆麵」都蔫兒[1]了不少，他很想撮合表哥跟小如意和好，卻無計可施。

　　「哎，小如意，想什麼呢？高興點嘛。」「乾脆麵」故意拉着小如意落在掌櫃身後，想逗她開心。

　　「我在想代數考試。」小如意歎了口氣，「原本回去之後，掌櫃要給我來一場代數測試的，現在看來是不需要了，這大概是我被辭退帶來的唯一好事吧。」

　　「乾脆麵」寬慰道：「別哭喪着臉了，回去以後跟我混！有你這麼能幹的助理輔佐，我在cosplay界稱王稱霸簡直指日可待嘛。」

① 蔫兒：北方方言，指精神不振。

「不好意思啊，我除了給掌櫃當助理，別的什麼都不會。」小如意沒什麼心情聽「乾脆麵」描述他的雄心壯志。

「就別謙虛了，你會的東西可不少啦！」「乾脆麵」壓低聲音湊到小如意耳邊，「小傻瓜，讓你跟我混是為了幫你重返古董店啊！」

「咦，什麼意思？」小如意立刻來了精神。

「你想啊，這些年無論是生活起居還是店裏生意，表哥不都靠你協助嘛，少了你他能幹成什麼事？你暫時到我那兒住一段時間，表哥一個人在古董店，肯定很快會意識到——哎呀媽呀！缺了我親愛的首席助理小姐還真是不行呀。到時候他就得重新把你叫回去啦！」

小如意並不認為掌櫃會說出「我親愛的首席助理小姐」這種肉麻話，但她覺得「乾脆麵」的暢想很有道理。

嗯，沒準還真行得通呢，眼下也沒別的出路，也只能試試看嘍……

掌櫃走在前面，只當沒聽見兩個人在背後的竊竊私語。兩個笨蛋……

回到記憶古董店後，小如意簡單收拾了一下自己的個人用品，依依不捨地離開了生活數年的地方。

直到最後掌櫃也沒出來告別，他一直待在書房裏不露面。倒是塞巴斯蒂安跟着小如意和「乾脆麵」乘坐的出租車飛了好久，為她送行。

小如意望着窗外飛逝而過的街景，拚命不讓眼淚掉下來。她心裏默默想着，掌櫃你這個大傻瓜！以後你就自己做法式料理、日本壽司吧！自己把襯衫熨燙得筆直！自己把店裏每樣貨品擦得閃閃發亮！自己去給客戶泡錫蘭高地紅茶！自己去做那套可惡的代數測試題！可是，等我給他買的進口寵物毛髮護理精油用完了，他會自己上網找靠譜的海外代購嗎？萬一買到假貨怎麼辦……

小如意摸摸自己的隨身挎包，硬硬的，裏面放了一本

書——《狐狸養殖與疾病防治技術》。那本書她已經不知閱讀過多少遍了，邊角都有些磨損了。

以後，或許再也用不上了⋯⋯

身為老闆，其實掌櫃還是為離職員工送行了的——小如意離開時，他一直站在二樓書房的窗簾後，默默目送那輛出租車漸行漸遠。

出租車終於消失在遠處街角，掌櫃拉開窗簾，讓午後陽光灑進寂靜的書房。隨後，他走向小如意曾經的房間。

推開門，一切都還是老樣子。雖然極少踏入員工的房間，但掌櫃清晰地記得房間內的每一處細節。

小如意只帶走了一些衣物，剩下的什麼都沒拿。

牀頭掛着她自己畫的水彩畫——森林裏，一隻小狐狸蜷縮着身子睡着了。掌櫃覺得她的畫技實在有限，但不可否認，那隻小狐狸的睡相看起來可愛極了。

窗簾是淡藍色的，上面印滿了橘紅色的狐狸。這是小

145

如意在一家布藝網店訂做的，她的牀上用品也是同款花色。

　　書桌的年齡很大，和木牀一樣年邁，不過小如意在上面擺放了許多狐狸造型的裝飾品，這讓它看起來充滿活力。

　　走到書桌旁，掌櫃隨手從筆筒裏拿起一支圓珠筆——筆尾的按鈕也是狐狸。

　　狐狸元素充斥着這個不大的房間，每一樣，都是小如意費心淘來的。

　　而如今，她把這一切都留了下來。

　　不知是她認為自己總有一天還會回來，還是她已經決定和「狐狸」徹底告別。

　　很好，吵吵鬧鬧的小傢伙走了。現在可以行動了⋯⋯掌櫃轉身走出「前任助理小姐」的房間，輕輕關上房門。

　　小如意離開記憶古董店已經一個多月了。這段時間，她一直住在「乾脆麵」經營的動漫主題咖啡店。

　　這片商業區都是兩三層的商住兩用小樓，「乾脆麵」

租下了其中的一棟，一樓營業，二樓自己住。小如意搬來後，「乾脆麵」把二樓臥室讓出來給她睡，自己則在庫房裏搭了個臨時牀鋪。

小如意十分過意不去，於是盡可能地幫「乾脆麵」料理家務，還每天到樓下的咖啡店幫忙。因為在掌櫃那裏接受過嚴格訓練，小如意覺得眼下這點工作簡直輕鬆得跟玩一樣！

雖然「乾脆麵」根本沒有正裝，但小如意還是把他的每一件休閒T恤熨得筆挺。當「乾脆麵」發現自己心愛的舊牛仔褲竟然平整得跟五星級酒店的牀鋪一樣時，頓時淚流滿面——那條牛仔褲已經「養」了近兩年，他愛死牛仔褲上那些破舊褶皺了。

「乾脆麵」戒除了總吃「垃圾速食」的習慣，小如意變魔術般在餐桌上變出法式焗蝸牛、米蘭炸小牛肉、羅馬烤半雞、天婦羅大蝦麵……某一日，「乾脆麵」吃下一口香煎鵝肝後，再次淚流滿面——表哥那個混蛋為什麼沒早

點開除小如意啊！害我少吃了多少絕頂佳餚！

　　至於小如意在咖啡店裏的表現，同樣令人瞠目結舌。由於她的到來，原本生意一般的咖啡店每天都爆滿——小如意這個全能選手居然能在卡布奇諾上做出各種動漫人物拉花。望着自己最愛的初音未來出現在咖啡杯中，「乾脆麵」第N次淚流滿面——哎呀媽呀！表哥你平時究竟對小如意實施了怎樣的魔鬼訓練！這樣「開掛①」的人生對一個小孩子來說真的好嗎？

　　在小如意離開記憶古董店的第37天，「乾脆麵」的咖啡館裏迎來了一位特殊顧客。

　　那是一個陽光炫目的美妙午後，因為是周一，加上是上班時間，咖啡店裏客人不多。

　　小如意正在吧台後擦杯子，玻璃大門被推開了，一位

---

① 開掛：原意是指「開外掛」，即玩電腦遊戲時作弊。後來變為網絡流行用語，指超乎尋常的發揮或超水平的表現。

西裝革履的優雅紳士信步走了進來，選了個曬不到太陽的僻靜角落坐下。

「掌……」要不是一旁的「乾脆麵」眼疾手快，捂住她的嘴，小如意早已驚叫起來！

掌櫃！

一個多月不見的掌櫃居然出現在咖啡店！

「淡定淡定！深呼吸！吸氣——呼氣——」「乾脆麵」拉着小如意蹲在吧台後，壓低聲音叮囑她，「別讓他看出來你很激動！別讓他太得意！別讓他以為你沒了他就活得不開心！」

「可我沒了他就是不開心。」小如意回答道。

「沒出息！」「乾脆麵」用手指在小如意腦門上彈了一下，接着語重心長地教導起來，「那傢伙今天過來肯定別有用心！如果不是叫你回古董店，那就是故意來看你笑話的！總之我們以靜制動，以不變應萬變。等會兒你去為他服務，記住，就把他當普通客人。懂嗎？」

小如意不懂，但一想到掌櫃或許會叫她回去，便來了動力：「行，我會好好表現！」

　　「乾脆麵」幫小如意整理好髮型和身上的店員服，又掏出自己的潤唇膏來強行給她塗了塗：「你看你！嘴都嚇白了！」

　　最後，他滿意地拍拍她的肩膀，鼓勵道：「行了，去吧！」

　　小如意拿起菜單走出吧台，腦子裏亂糟糟的。掌櫃真是來接我回去的嗎？「乾脆麵」的唇膏會不會害我得狂犬病？天哪，待會兒在掌櫃面前我可不能哭出來……

　　「先生您好，這是您的菜單。」小如意終於在久別的掌櫃面前站定，她小心翼翼地將菜單放在桌上，並讓菜單的長闊兩條邊恰好與桌子的長闊邊平行──掌櫃喜歡這樣的精確。

　　然而掌櫃並沒有拿起菜單，而是面無表情地直接下單：「一杯藍山咖啡。謝謝。」

小如意倒吸一口涼氣：「您……請稍等片刻。」

小如意疾步跑回吧台，心急火燎地低聲問「乾脆麵」：「店裏有牙買加藍山咖啡豆嗎？掌櫃要他平時在記憶古董店裏常喝的藍山咖啡？而且他只喝NO.1那種。」

「這傢伙！」「乾脆麵」恨恨地握緊了拳頭：「他怎麼知道我剛得了一小袋頂級藍山咖啡？那是我準備自己喝的。算了算了！給他喝點吧！看在他把你訓練得這麼完美的分上。」

於是小如意用「乾脆麵」珍藏的頂級藍山咖啡豆，精心給掌櫃做了一杯咖啡。當她把咖啡杯托盤輕輕地放在掌櫃面前的桌上時，心裏不免忐忑——掌櫃在記憶古董店時只用皇家哥本哈根牌的「丹麥之花」系列咖啡杯，「乾脆麵」店裏的普通杯子不知會不會被他嫌棄。

然而，掌櫃並沒對那隻普通咖啡杯發表任何評價。

小如意回到吧台後，只見掌櫃一口一口地品着咖啡，沒有往她這邊看一眼。直到杯子空掉，掌櫃都沒再召喚「服務

生」過去。最後，他把現金放在桌上便起身離開了。

「掌櫃不是來接我的……」小如意失落極了，連過去收錢的動力都沒了。

「乾脆麵」走到桌前拿錢，卻發現了別的東西——一個淺灰色信封。

「哎呀媽呀！表哥留了個信封！」

小如意和「乾脆麵」湊到吧台後，小心翼翼地打開那個沒有封口，也沒有署名的信封。

一張摺疊整齊的信箋被「乾脆麵」慢慢抽出，兩個人都緊張得屏住了呼吸。

「喂！結賬啊！叫了多少遍了？」一位顧客不知何時出現在吧台外，不滿地催促道。

今天店裏值班的只有「乾脆麵」和小如意，而此刻，他們兩個還都貓①在吧台裏「停止服務」了。

---

① 貓：北方方言，指躲藏。

「嚷什麼嚷！打烊了！全部免單！」「乾脆麵」不耐煩地扭頭吼道，馬上又將注意力集中到那張神秘信箋上。他絲毫沒有察覺店裏沒買單的客人聽到他的話後，全都腿腳麻利地夾着包離開了。

信箋被慢慢展開。

「啊——」小如意不敢相信自己的眼睛。

那是一張空白的職位申請表！

「哎呀媽呀！『記憶古董店掌櫃首席助理』。你看！申請職位這一欄是已經列印好的！」「乾脆麵」激動地叫道，「這隻老奸巨猾的狐狸！他這是在暗示你去重新應聘啊！我就説嘛！離了你他一個人根本不行！」

小如意拿着申請表，腦袋裏像有無數絢爛煙花在綻放。掌櫃，您終於原諒我了？我終於可以回家了……

然而也就在這時，「乾脆麵」恐怖的慘叫聲響徹天際：「哎呀媽呀！人都去哪兒啦？都還沒給我結賬呢！説好的誠信社會呢？有沒有天理了……」

兩天後的上午十點二十分，記憶古董店的二樓書房，掌櫃正在面試一位申請了「掌櫃首席助理」的應聘者。

　　「你製作咖啡的技巧我已經領教過了，合格。」掌櫃冷冷地望着面前的應聘者，「那麼其他方面呢？崗位描述想必你已經仔細看過了，闡述下你的相關業務能力吧。」

　　小如意坐直身子，字正腔圓地回答：「在店面經營方面，我會熟練地起草各種合同，熟悉稅務等相關業務，擅長揣摩和滿足客戶的各種需求。在日常生活方面，我懂得各國美食料理、家居清潔整理和收納⋯⋯」

　　掌櫃望着對答如流的小如意，覺得一個多月的歷練似乎讓她成熟了不少。當然，小如意的本事全是他一手調教出來的，她的能耐他比誰都清楚。此刻他最在意的其實只有一個問題。

　　一個最關鍵的問題。

　　「記憶古董店對員工有一項非常重要的約束條款，我想知道你對這項條款的態度。」掌櫃頓了頓，盯着小如意

的眼睛，「凡是記憶古董店的員工，必須對掌櫃的任何命令無條件全面服從。這是我招聘員工的底線。如果不能接受這一條，再優秀的人才我也不會錄用。你明白嗎？」

聽了掌櫃這番話，小如意沉默了幾秒鐘。再開口時，她的目光坦然而真摯：「明白。身為記憶古董店的員工，必須對掌櫃的任何命令無條件全面服從。如果能有幸成為這裏的員工，我會時刻謹記這一點，絕不違反。」

和面前這位神情堅定的小女孩對視片刻後，掌櫃終於宣布：「好吧，恭喜你加入記憶古董店。希望我們以後能相處愉快。」

「謝謝您。」一直繃着小臉的小如意終於露出了笑容，而她眼眶裏卻亮晶晶的。

簽好聘用合同後，掌櫃起身將小如意帶到二樓一個房間前。

「這是專門為員工提供的房間，免費住宿，不收租

金。這也是給員工的一項福利。進去看看吧。我還有些事情要處理，就不奉陪了。」掌櫃轉身走了幾步，又停下，「對了，晚餐記得做法式料理。」

「是。」小如意恭敬地目送掌櫃走進書房，然後才將手放到房門把手上。

「終於又回來了。」她做了個深呼吸，轉動把手。門開了，小如意的眼睛卻瞪得老大！

「啊——」雖然知道掌櫃最反感女士大呼小叫，但小如意還是「毫不優雅」地驚呼了一聲。

她簡直不能相信這就是自己曾經的房間。

邊角受潮發捲的舊壁紙不見了，取而代之的是嶄新的淡粉色花紋壁紙。

因為年代久遠而斑駁的木地板全被撤了，現在，她眼前是淺楓木色的全新木地板。

所有舊家具也消失了！一整套米白色歐式家具在淡粉色牆壁的映襯下，顯得十分清新。牆角甚至還有張漂亮的

小梳妝枱，而且是她一直夢想的那種款型。

窗簾、牀品、吊燈、小地毯……所有飾品都是全新的，整個房間就像個浪漫的公主房。

除了「沒有狐狸元素」這一點讓小如意略感遺憾之外，她覺得這個房間簡直太完美了。

小如意覺得自己像做夢一樣，她走進房間，撫摸着帶有精緻刺繡古典圖案的被單，一個念頭突然閃電般劃過她的腦海：「難道……難道掌櫃故意開除我一個月，不只是為了懲罰我在翡翠堡的不聽話？或許他正是利用我離開的這段時間，悄悄地重新布置我的房間？就因為當時在翡翠堡，我曾隨口抱怨房間壁紙舊了，想重新裝修……」

想到這裏，小如意恨不得立刻衝進書房，抱住掌櫃的大尾巴表達自己的感激之情——掌櫃，原來我無意中説的話您都記得呢。謝謝您，掌櫃。您真是體恤員工的好領導啊！以後我一定乖乖聽您的話，再也不惹您生氣了……

然而，小如意還是忍住了衝動。她知道，掌櫃的臉皮

其實挺薄的，她要是把一切說穿的話，掌櫃肯定會不好意思。何況，眼下她還有一項更重要的任務要去完成，那就是馬上準備食材，給掌櫃做一頓超級豐盛、超級美味的法式料理。

沒錯！最後一定要配上他最愛的勃艮第特級葡萄酒和古董水晶杯……

名家推薦

作者用文字堆砌出一座神秘的金字塔，

裏面的風景奇幻瑰麗，詭譎變化，機關處處。

隱藏着什麼？

會發生什麼？

你永遠不知道。

只知道，似乎一步步踩入作者所設的陷阱。

不過，我甘願深陷危險，

為了窺探金字塔裏頭，作者精心設計的最終謎題。

這個作品，我喜歡。

——林文寶（兒童文學教授、著名兒童閱讀推廣人）

幻想並不難，難的是找到「現實」與「幻想」之間的那條通道。如果找到了，那麼恭喜你，你就可以在遠古與未來、記憶和夢想、冒險及成長之間自由穿梭。《記憶古董店》就是那條神秘通道的入口，歡迎你，勇敢地走進去！

——蕭袤（著名兒童文學作家）

這是一部詩性的童話，作者用詩意但又具象的語言和想像，探尋隱藏在記憶深處的人性與愛，而層層推進的邏輯推理，又讓故事波雲詭譎、引人入勝。它承繼了唯美型童話的傳統，又包含現代工業文化的元素，如田園牧歌，又似咖啡館小坐，值得一讀！

　　　　——楊鵬（中國首位迪士尼簽約作家、著名兒童文學作家）

　　《記憶古董店》的故事緊湊好看，想像奇特，猶如書中的「月光走廊」，語言優美且富有動態感，是一套極具暢銷潛力的書。

　　　　　　　　——蕭萍（兒童文學作家、上海師範大學教授）